日本語能力試験対応

文法問題集

1級 2級

白寄まゆみ/入内島一美―[編著]

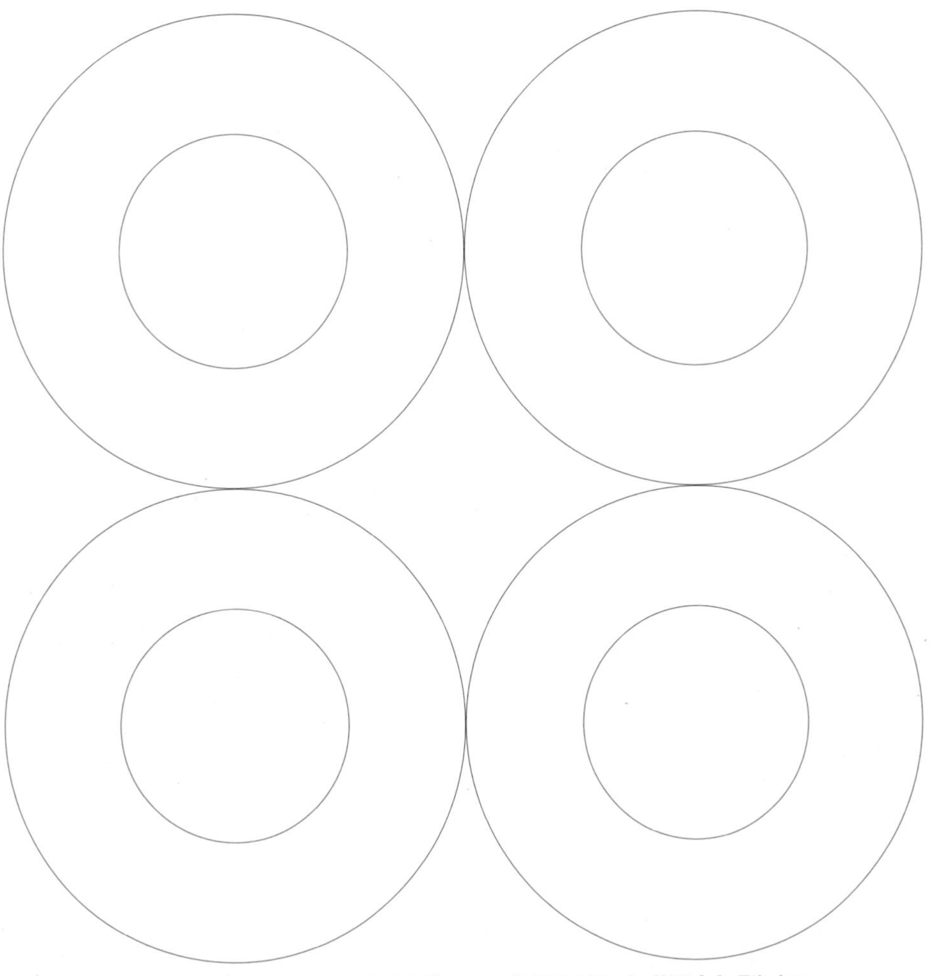

日本桐原ユニ授權　鴻儒堂出版社發行

序

本書是專爲參加1級和2級日本語能力試驗的人所編寫的考試用書。日本語能力試驗共分爲〈文字／語彙〉、〈聽解〉與〈讀解·文法〉三大部份，本書針對〈文法〉的部分予以加強。

文法問題，我們可由過去考題出現過的項目，做某種程度的預測，再加強理解出題可能性高的題目，然後大量做模擬試題，如此將可有效提昇文法程度。截至目前爲止，1級、2級的文法問題大部分都出自〈機能語〉。所謂機能語，就是「……に関して」、「……を通して」之類，缺乏助詞·助動詞的表現形式。只要能夠集中學習這些機能語，也就掌握了文法問題得高分的捷徑。此外，能夠及早解決文法問題的話，面對同時進行的〈讀解〉長篇文章試題，將更有充份的余裕仔細分析理解，如此也有助於提升〈讀解·文法〉測驗的分數至合格標準。

所以，本書將機能語中重要的表現全部收錄進來，而且加上淺顯易懂的解說與例文，並補充豐富的練習問題。這些練習，與實際試題形式相同，所以很適合做考試前的集中練習。

本書爲了增進參加日本語能力試驗考生文法方面的學習與練習效果，在編寫過程中，一方面參考了過去考生的意見，一方面彙集我們長年累積的經驗，希望能對各位有所助益。

又，製作此書之際，當時剛通過1987年度1級日本語能力試驗，而現在經常往來台灣日本之間的林瑞景先生與1987年通過1級日本語能力試驗，目前在韓國擔任日語教師及日語口譯員的林美淑小姐，對這兩位所給予的寶貴建言與溫暖協助，謹此致上謝忱。

1996年9月

白寄　まゆみ

入内島　一美

本書的特點

●本書是由1994年公開的『日本語能力試驗出題基準』爲依據，從中全面網羅1級2級的機能語。目前市面上尙無此類的書籍，此爲一大特點。不過〝出題基準〞並非〝出題範圍〞，因此除此以外還有其它被認爲是機能語的表現方式，所以我們僅由『出題基準』中嚴格節選出269個使用頻率較高的機能語。

●內容編排按照1級2級「あいうえお」的順序（50音順序）。目前也可做爲機能語索引使用。

●說明簡潔，淺顯易懂。

●每個機能語原則上舉5個例句做參考。這些例句只要有中級程度的人，即使沒有查字典，也能理解。

●注意要點與參考記事以〝　〞記號標示。

●各課由10個機能語的解說例文，以及40題練習問題所組成。

●書末，模擬實際日本語能力試驗形式的「實力テスト」每級各附上2回，以綜合測驗自己的能力。

本書的學習方法

●各機能語的意義與使用方法，經由例句理解之後，再試著做練習測驗。如果有不懂的地方，可對照書末的解答看看是否做錯，若是錯誤，則回到解說的部份，重新學習，直到能夠全部正確解答，再繼續下一課。不論之前的進度爲何，當你一邊前進，一邊回頭復習都能採用這個方法，則必能收事半功倍之效。

●參加2級試驗的人，可由2級的課程開始學習，最後再以書末的2級實力測驗來測試自己的實力。參加1級試驗的人，也請由2級的部份開始學習，因爲1級的考題有些也會由2級的機能語中出題。

●培養對機能語的敏銳感，多聽日語，多看日文，一但遇到良好的例句，可把它寫在這本書上，更能加強學習的效果。

●配合考試日期，決定每天的進度之後，請按照一定的速度學習。

目次

2 級

1級

2級

1課（1～10）解説と例文

1 Aあげく/あげくにB

意味 Aをし続けて、最後に、Bになる。

例文
・いろいろと迷ったあげく、やはり大学に進学することにした。
・彼は理想の土地を求めて各地を転々としたあげく、結局生まれ故郷に戻ってきた。
・苦心のあげくのロケット打ち上げは失敗に終わった。
・さんざんお酒を飲んだあげくに、ぐうぐう寝てしまった。
・無理な練習のあげく健康を害してしまった。

✎動詞（た形）＋あげく/あげくに、名詞＋の＋あげく/あげくに

2 AあまりB

意味 Aの程度がひどすぎて、Bになる。

例文
・驚きのあまり、声も出なかった。
・苦しさのあまり、自殺を考えた。
・彼はきちょうめんなあまり、ほんのちょっとしたミスも見逃せない。
・けがを心配するあまり、子どもを自由に遊ばせない親がいる。
・痛さのあまり、大声で叫んでしまった。

3 A以上/以上はB

意味 AなのだからB。

例文
・学生である以上、勉学に励むのは当然です。
・私は約束した以上は必ず期限を守ります。
・オリンピックに出場する以上は金メダルを取りたい。
・子どもである以上、年老いた親の面倒をみるのは当然のことだ。
・仕事を引き受けた以上、最後まで責任を持つべきだ。

✎Bは義務（当然～しなければならない）や決意（～するつもりだ）など。
✎名詞＋である＋以上/以上は、動詞＋以上/以上は
✎2級－8「A上はB」、2級－28「Aからには/からはB」と類似。

4 A 一方/一方で/一方では B

意味 対照的な A、B の関係を述べる。

例文
・兄は積極的な性格だ。一方(いっぽう)、弟は消極的な性格だ。
・彼は俳優である一方、映画監督でもある。
・復旧のための経費は30億円程度だという予測が強い一方では、50億円を下らないという予測も一部では立てられている。
・この国は夏は40度を超す暑さになる一方、冬は零下になることもある。

✎書き言葉的。

5 A 一方だ

意味 A という傾向が進むばかりだ。

例文
・物価は上がる一方(いっぽう)だ。
・現代社会ではストレスはたまる一方だ。
・交通事故の件数は増える一方だ。
・すぐにやむと思っていたが、雨は強くなる一方だ。
・彼の病状は悪化する一方だ。

✎動詞(辞書形) +一方だ
✎悪いことによく使われる。

6 A うえ/うえに B

意味 A であり、さらに B も。

例文
・彼は大学教授であるうえに、市長でもある。
・彼はハンサムなうえ優しいから、人気がある。
・彼は昼間働いているうえに、夜も大学で勉強している。
・この部屋は広いうえ、家賃も安い。
・今日は試験があったうえ、アルバイトにも行ったから疲れた。

✎A、B は、A がよいことなら B もよいこと。逆に A が悪いことなら B も悪いこと。
誤用例 ×この部屋は狭いうえに、家賃が安い。
✎2級－103「A に加えて/に加え」と類似。

7 A 上で/上の/上では/上でも/上での B

意味 ① A という範囲、点で。 ② A をしてから。

例文
・田中さんは、仕事の上(うえ)でライバルだ。 →①
・法律の上では夫婦だが、実質的にはもう離婚している。 →①

・旅行は視野を広げる上で役に立つ。　→①
・面接をした上で、採用を決める。　→②
・上京の上で相談しましょう。　→②

✎A が名詞の場合は、「名詞＋の＋上で」。

8 A 上は B

意味 A だ、だから B（しよう/しなければならない、など）。

例文 ・医者になろうと決めた上(うえ)は、どんな苦労にもたえて、がんばるつもりだ。
・誰からも援助を断られた。こうなった上は、ひとりでやるしかない。
・一度約束した上は、たとえどんな事情があろうと守らなければならない。
・会議で決定された上は、個人的には反対でも決定にしたがうべきだ。

✎A は動詞（た形）
✎ふつう、かな書き。
✎2級－3「A 以上/以上は B」、2級－28「A からには/からは B」と類似。

9 (1) A うちに B　(2) A ないうちに B

意味 (1) ① A であるあいだに B する。 ② A をしているあいだに B という予想していなかったことが起きる。 (2) A という変化が起きる前に、B する。

例文 ・明るいうちに、家へ帰りましょう。　→(1)①
・朝のうちに、洗濯をしよう。　→(1)①
・電車の中でいねむりをしているうちに、うっかり乗り越してしまった。　→(1)②
・暗くならないうちに、家へ帰りましょう。　→(2)
・忘れないうちに、メモしておこう。　→(2)

✎A が名詞の場合は、「名詞＋の＋うちに」。
✎A が動詞の場合は、「動詞（ている形）＋うちに」。

10 A う（意向形）ではないか（じゃないか）

意味 （みなさん）A しましょう。

例文 ・核実験に反対しようではないか。
・最後まで戦おうじゃないか。
・難民救済に協力しようではないか。
・あきらめないで、もう一度さがしてみようではないか。
・授業料の値上げに反対しようではないか。

✎自分の意見や考えをほかの人に訴えるときに使う。演説など。

▼▼ 練習 ▼▼

次の文の ＿＿＿＿ にはどんな言葉を入れたらよいか。①、②、③、④から最も適当なものを１つ選びなさい。

1 釣り人はさんざん餌(えさ)を ＿＿＿＿ 釣り針まで取られてしまった。
　① 取られるあげく　② 取るあげく　③ 取られたあげく　④ 取ったあげく

2 ＿＿＿＿ は誰にも負けない立派なものを作りたい。
　① 作った以上　② 作る以上　③ 作ったあまり　④ 作るあまり

3 その男は年をとっている ＿＿＿＿ 、体も弱っており、仕事をするのは無理だった。
　① 一方に　② うえは　③ あまりは　④ うえに

4 政治家は選挙民に ＿＿＿＿ 上は、簡単に公約を変えることはできない。
　① 約束　② 約束の　③ 約束した　④ 約束ある

5 あの人は酒癖(さけぐせ)が悪くて、いつも ＿＿＿＿ に暴(あば)れ出すのよ。
　① 飲んだあげく　② 飲むあげく　③ 飲みあげく　④ 飲めるあげく

6 離婚 ＿＿＿＿ 、彼と私は何の関係もない。
　① したあげく　② したあまり　③ しただけ　④ した以上

7 息子は大学に ＿＿＿＿ うえ、奨学金ももらえることになった。
　① 合格　② 合格する　③ 合格した　④ 合格で

8 契約書に ＿＿＿＿ 、一方的にそれを破棄(はき)することはできない。
　① サインし上は　② サインしたは　③ サインしてまで　④ サインした上は

9 A さんはいろいろな人からお金を ＿＿＿＿ に返せなくなって逃げてしまった。
　① 借りあげく　② 借りるあげく　③ 借りたあげく　④ 借りるのあげく

10 日本人は古い伝統を守る ＿＿＿＿ 、新しいものも積極的に取り入れる。
　① いちほう　② いっぽう　③ ひとかた　④ いっぱい

11 あのレストランは料理が ＿＿＿＿ うえに、雰囲気もなかなかいい。
　① よくない　② おいしかった　③ まずい　④ おいしい

12 魚や野菜などは ＿＿＿＿ 、食べたほうがいいですよ。
　① 新鮮うちに　② 新鮮うちは　③ 新鮮なうちに　④ 新鮮なうちは

13 ひどい夫婦げんかをした ＿＿＿＿ 2人は離婚した。
　① あげく　② 上は　③ 以上に　④ 一方で

14 彼はロックを愛する一方、クラシック音楽 ＿＿＿＿ くわしい。
　① には　② では　③ でも　④ にも

15 彼女は離婚後、ひとりで息子を育て ________ うえ、仕事でも立派に成功している。

① る　② ない　③ た　④ て

16 夏の登山は朝早く起きて、 ________ うちに登るほうが楽です。

① 暑かった　② 暑くなる　③ 暑くならなかった　④ 暑くならない

17 ディズニーランドで遊んでいたら、 ________ 時間を忘れてしまった。

① 楽しいのあまり　② 楽しのあまり　③ 楽しさのあまり　④ 楽しさあまり

18 森林の開発が進む ________ 、そこに住む動物たちの環境はますます悪くなっている。

① 一方を　② 一方は　③ 一方で　④ 一方が

19 この書類に署名捺印（なついん） ________ 、郵送してください。

① 上　② する上　③ の上　④ の以上

20 子どもが ________ うちに手紙を書いてしまおう。

① 寝る　② 寝た　③ 寝て　④ 寝ている

21 最近の子どもはテレビゲームに熱中 ________ 、外で遊ぶことが少なくなった。

① したあまり　② するあまり　③ した以上　④ する以上

22 車は便利であるが、 ________ 交通事故や環境汚染（おせん）のもとにもなっている。

① 一方は　② 一方には　③ 一方とは　④ 一方では

23 それは、よく ________ 上での決断ですか。

① 考えた　② 考える　③ 考えている　④ 考えない

24 学生が学校へ ________ うちにテストの問題を印刷する。

① 来なかった　② 来ない　③ 来る　④ 来た

25 夕方遅くなっても子どもが帰ってこないので、 ________ 学校へ電話をかけた。

① 心配あまり　② 心配するのあまり　③ 心配のあまり　④ 心配であまり

26 やせるためにスポーツをしているが、かえって食欲がわいて食べてばかりいるから、 ________ 一方だ。

① やせる　② やせている　③ 太る　④ 太っている

27 あなたのアドバイスは、 ________ 、たいへん参考になります。

① 勉強上で　② 勉強する以上　③ 勉強した上で　④ 勉強する上で

28 せっかく日本へ来たのだから、富士山に ________ ではないか。

① 登ってみる　② 登る　③ 登ってみよう　④ 登った

29 そのマラソン選手は、試合の前に練習しすぎた ＿＿＿＿＿ 疲れてしまって、よいタイムが出せなかった。

① あまりを　② あまる　③ あまりで　④ あまり

30 梅雨が明けて、これからは暑くなる ＿＿＿＿＿ 。

① の一方だ　② のは一方だ　③ と一方だ　④ 一方だ

31 読んだ ＿＿＿＿＿ 、感想を聞かせてください。

① 上に　② 上も　③ 上で　④ 上を

32 みんな合格できるように、一生懸命勉強しよう ＿＿＿＿＿ 。

① もないか　② でもないか　③ ではないか　④ ないか

33 親 ＿＿＿＿＿ 、子どもの健康に注意するのは当然だ。

① 以上　② の以上　③ である以上　④ だ以上

34 いじめが原因と考えられる小中学生の自殺は、ここ数年 ＿＿＿＿＿ 一方だ。

① ある　② なくなる　③ 増える　④ 増えた

35 アメリカに留学すると決めた上は、英語をしっかり勉強 ＿＿＿＿＿ 。

① しなかった　② していなかった　③ しなければならない　④ なければならない

36 先生に私たちの考えを ＿＿＿＿＿ ではないか。

① 話す　② 話すそう　③ 話せそう　④ 話そう

37 大学院に合格した以上は今までよりもさらに一生懸命勉強 ＿＿＿＿＿ 。

① したつもりだ　② しているつもりだ　③ するつもりだ　④ のつもりだ

38 バブルがはじけてからは、土地の値段は ＿＿＿＿＿ 一方だ。

① 下がった　② 下がるの　③ 下げる　④ 下がる

39 法律が改正 ＿＿＿＿＿ 、今までのやりかたは変えなければならないだろう。

① した上は　② された上は　③ なった上は　④ になった上

40 もう、あと少しだ。明日までに、 ＿＿＿＿＿ ではないか。

① 完成する　② 完成よう　③ 完成させる　④ 完成させよう

2課（11～20）解説と例文

11 A得る

意味 A することができる/ A する可能性がある。

例文 ・まだ調査中なので発表し**得る**段階ではない。

・それは考え**得る**話だ。

・将来、医学が進歩すれば、不治の病といわれている病気も治ることはあり**得る**。

・努力しないで、試験に合格することなどあり**得ない**。

✎書き言葉的。

12 Aおかげで/おかげだ

意味 A はよい結果の原因・理由を表す。

例文 ・私が合格できたのは、日本語を教えてくれた先輩の**おかげだ**。

・今年の夏は涼しかった**おかげで**、過ごしやすかった。

・留学生活がさびしくないのは、大家さんが親切な**おかげだ**。

・あなたが先生に宿題が少ないと言った**おかげで**、宿題が増えたじゃない。

✎悪い結果にも、使うことがある。(最後の例文)

✎A が名詞の場合は、「名詞＋の＋おかげ」。

13 Aおそれがある

意味 A（よくないこと）が起こるのではないかという心配、不安がある。

例文 ・今夜は豪雨の**おそれがある**。

・彼は自殺する**おそれがある**。

・台風が関東地方に上陸する**おそれがある**。

・敵に秘密がもれる**おそれがある**。

・これ以上雨が降り続くと洪水の**おそれがある**。

✎A が名詞の場合、「名詞＋の＋おそれがある」。

14 Aかぎり/かぎりは/かぎりでは/ないかぎり

意味 Aである/でない以上は。

例文
・この洗濯機は直さないかぎり、使えない。
・公務員であるかぎり、日本の憲法を遵守(じゅんしゅ)しなければならない。
・病気でないかぎり、不参加は認められない。
・雨がやまないかぎり、試合は中止になるだろう。
・証拠がないのだから、本人が認めないかぎり、有罪(ゆうざい)にはできない。

✎漢字で「限り」と書く場合もある。

15 Aかけだ/かけの/かける

意味 ① Aの途中。 ② Aしはじめる。

例文
・先週借りた本は、まだ読みかけだから、来週まで貸してください。 →①
・書きかけのラブレターを兄に読まれてしまった。 →①
・子どもは食べかけのお菓子でも、ほかの人にあげたがる。 →①
・眠りかけたとたん、電話のベルでたたき起こされてしまった。 →②
・彼は何か言いかけて、やめた。 →②

16 Aがたい

意味 Aすることが困難/なかなかできない。

例文
・彼の考え方は、理解しがたい。
・古いおもちゃには幼いころの思い出がいっぱいつまっているので捨てがたい。
・あまりにも突然のことで、急には信じがたい。
・この料理は表現しがたい不思議な味がします。
・彼のような優秀な人は、中小企業では得(え)がたい人材です。

✎書き言葉的。

17 Aがちだ/がちの

意味 Aの傾向がある。

例文
・私は子どものころ、病気がちだった。
・近ごろ彼は授業を休みがちだ。
・最近は天気がよくないせいか気分が沈みがちです。
・最近くもりがちの天気が続いている。

✎よくないことに多く使われる。

18 Aかと思うと/かと思ったら/と思うと/と思ったら

意味 Aした後すぐ。

例文
- ・彼はよほど疲れていたのかベッドに横になった**かと思うと**もう寝息をたてていた。
- ・注文した**と思うと**すぐに料理が出てきた。
- ・風呂に入った**と思ったら**すぐに出てきた。体を洗ったのだろうか。
- ・やっと終わった**かと思ったら**またすぐ次の仕事が入ってきた。

✎Aは、動詞（た形）。

19 AかAないかのうちにB

意味 AしたかAしないかわからないくらいすぐにB。

例文
- ・初めての海外旅行で、現地に着いた**か**着か**ないかのうちに**、財布を盗まれてしまった。
- ・たばこに火をつけた**か**つけ**ないかのうちに**、授業開始のチャイムが鳴った。
- ・空が暗くなった**か**なら**ないかのうちに**、雨が降り出した。
- ・終業のベルが鳴った**か**鳴ら**ないかのうちに**、事務所には誰もいなくなった。
- ・母親は子どもが小学校へ入った**か**入ら**ないかのうちに**、働きに出た。

✎動詞（た形）＋か＋ないかのうちに

20 Aかねる

意味 Aできない。

例文
- ・そのことについては、即答し**かねます**。
- ・申し訳ございませんが、そのようなサービスはいたし**かねます**。
- ・その話は、私からは彼に言い出し**かねる**のであなたのほうから話してください。
- ・料理ができるのを待ち**かねる**。
- ・駅の階段で大きなスーツケースをひとりで持って階段をあがれない人がいたので、見るに見**かね**て手を貸してあげた。

▼▼ 練習 ▼▼

次の文の ＿＿＿＿ にはどんな言葉を入れたらよいか。①、②、③、④から最も適当なものを１つ選びなさい。

1 母親は、息子のために ＿＿＿＿ かぎりのことをしたが、息子の病気は回復しなかった。
　① なす得る　② 得る　③ する得る　④ なし得る

2 テレビの暴力シーンは子どもの精神的な成長に悪い影響を ＿＿＿＿ おそれがある。
　① 及ぼすの　② 及ぼし　③ 及ぶ　④ 及ぼす

3 彼が自分から辞表を出すとは、＿＿＿＿ 。会社の業績が予想以上に悪化しているのだろう。
　① 信じるがたい　② 信ずるがたい　③ 信じてがたい　④ 信じがたい

4 あの子はあきっぽい。今夢中でボールで ＿＿＿＿ かと思うと、もうほかのおもちゃをさがしている。
　① 遊び　② 遊ぶ　③ 遊んでいた　④ 遊んで

5 すべてが科学で ＿＿＿＿ 得るわけではない。科学も万能ではないのだから。
　① 説明される　② 説明　③ 説明し　④ 説明して

6 患者は足を骨折 ＿＿＿＿ おそれがあるから、慎重に運んでください。
　① している　② し　③ したから　④ に

7 初めての外国旅行だったので、それは ＿＿＿＿ 思い出になった。
　① 忘れたい　② 忘れがたい　③ 忘れがた　④ 忘れたがい

8 彼女はせっかちだ。今、頼んだか ＿＿＿＿ もう「まだできませんか」と催促している。
　① 思っては　② 思うが　③ 思う　④ と思うと

9 人間は生物が到達（とうたつ） ＿＿＿＿ 最高のレベルまで進化をとげた。
　① 得る　② する得る　③ し得るの　④ し得る

10 命 ＿＿＿＿ 、私のライフワークであるこの絵を描き続ける。
　① あったかぎり　② ありかぎり　③ あるかぎり　④ あるのかぎり

11 近ごろの若者のファッションは、大人たちには ＿＿＿＿ 。
　① 理解するがたい　② 理解している　③ 理解しない　④ 理解しがたい

12 テレビの早押（はやお）しクイズでは、出題者が問題を読み終わったか読み ＿＿＿＿ かのうちに、回答者はブザーを押す。
　① 終わる　② 終わらない　③ 終わった　④ 終わらなかった

13 全科目満点というのも、彼なら ＿＿＿＿ 。いつも人の10倍勉強しているんだから。
　① ある得る　② ない　③ あり得る　④ なり得る

14 あなたは、その性格を ＿＿＿＿＿ 、人に信頼される人間にはなれない。

① 直したかぎり　② 直すかぎり　③ 直さないかぎり　④ 直さなかったかぎり

15 ＿＿＿＿＿ ことだが、UFOを見たという人は、大勢いる。

① 信じがたい　② 信じない　③ 信じている　④ 信じた

16 アイドルの乗った車が会場に到着したか到着しないか ＿＿＿＿＿ 、大勢のファンが車を取り囲んだ。

① うちに　② うち　③ のうちに　④ のうち

17 両親からの ＿＿＿＿＿ で、留学生活をおくれる。

① 送金おかげ　② 送金するおかげ　③ 送金のおかげ　④ 送金するせい

18 彼があやまらないかぎり、私は彼と仲直り ＿＿＿＿＿ 。

① する　② するはない　③ するつもりはない　④ するつもりだ

19 最近残業で毎日遅いので、 ＿＿＿＿＿ です。

① 寝坊するがち　② 寝坊しがち　③ 寝坊のがち　④ 寝坊するのがち

20 そのレストランはいつもこんでいるため、店員は客が食べたか ＿＿＿＿＿ のうちに食器を片づけはじめる。

① 食べるか　② 食べたか　③ 食べない　④ 食べないか

21 家賃が ＿＿＿＿＿ で、アルバイトをしなくても生活できる。

① 安いおかげ　② 高いおかげ　③ 安いうえ　④ 高いうえ

22 けがが治らない ＿＿＿＿＿ 、仕事に復帰するのは無理です。

① ばかり　② だけ　③ かぎって　④ かぎり

23 体力が衰えると、抵抗力が弱まって、風邪を ＿＿＿＿＿ になる。

① しがち　② ひきがち　③ するがち　④ ひくがち

24 駅構内のレストランは早いのが有名で、客が注文 ＿＿＿＿＿ のうちに、料理が運ばれてくる。

① したしない　② したかしない　③ したかしないか　④ したしないか

25 新しいワープロは操作が ＿＿＿＿＿ おかげで、私でも使うことができる。

① 簡単　② 簡単の　③ 簡単に　④ 簡単な

26 鼻歌を ＿＿＿＿＿ 、まわりに人がいることに気がついて、あわててやめた。

① 歌うかけて　② 歌かけて　③ 歌ってかけて　④ 歌いかけて

27 6月から7月は梅雨のため、 ＿＿＿＿＿ の天気が続く。

① 雨かち　② 雨多く　③ 雨がち　④ 雨降るがち

28 お腹を空かせた子どもたちは、ご飯ができるのを ＿＿＿＿＿ 、台所をうろうろしている。

① 待つうちに　② 待ちかねて　③ 待ちがちに　④ 待ちがって

29 彼は5か国語が ＿＿＿＿＿ おかげで、すぐに就職先が決まった。

① 話した　② 話す　③ 話せる　④ 話せている

30 ＿＿＿＿＿ の本を、電車の中に忘れてきてしまった。

① 読みかけ　② 読んでかけ　③ 読むかけ　④ 読みがけ

31 ひとり暮らしは食事を作るのが面倒で、ついインスタント食品に ＿＿＿＿＿ になります。

① たよる　② 多くなる　③ 多いがち　④ たよりがち

32 その件については私では ＿＿＿＿＿ かねますので、のちほど係の者にご連絡させます。

① わかる　② わか　③ わかって　④ わかり

33 今年は冷夏のため、稲作が影響を受け、米不足になる ＿＿＿＿＿ がある。

① 苦労　② のおそれ　③ の心配　④ おそれ

34 料理を ＿＿＿＿＿ いるとき、友達からの電話で「食事をしに新宿へ行こう」と誘われた。

① 作るかけて　② 作ってかけて　③ 作り　④ 作りかけて

35 授業終了のベルが ＿＿＿＿＿ と、もう教科書をカバンにしまいはじめる学生がいる。

① 鳴ると思う　② 鳴ったかと思う　③ 鳴るかと思う　④ 鳴ってかと思う

36 借金を頼みに友人のところへ行ったが、 ＿＿＿＿＿ 、お茶をごちそうになって帰ってきてしまった。

① 言い出かねて　② 言い出しかねて　③ 見る見かねて　④ 見るに見かねて

37 その薬は、副作用(ふくさよう)を起こす ＿＿＿＿＿ から医者の指示にしたがって服用(ふくよう)したほうがよい。

① おそれある　② おそれである　③ おそれがある　④ おそれのある

38 ベッドに入って、うとうと ＿＿＿＿＿ とき、電話のベルが鳴った。

① かけた　② するかけた　③ しかけた　④ とかけた

39 彼は本当に食べるのが早い。食べはじめた ＿＿＿＿＿ 、もうお皿は空になっている。

① が思うと　② 思うと　③ と思い　④ かと思うと

40 新人である私の仕事の手際(てぎわ)の悪さを ＿＿＿＿＿ 、先輩が手伝ってくれた。

① 見に見かねて　② 見る見かねて　③ 見るに見かねて　④ 見るのに見かねて

3課（21～30）解説と例文

21 Aかねない

意味 Aするかもしれない。Aしないとはいえない。

例文
・真夏の太陽の下で何時間も立っていたら熱射病（ねっしゃびょう）になり**かねない**。
・彼女なら秘密をもらし**かねない**。
・あの運転では大事故を起こし**かねない**。
・1キログラムのステーキを一度に食べるなんてふつうの人には無理だが、彼ならやり**かねない**。
・彼女は忘れっぽいから、念を押さないと、忘れられ**かねない**よ。

22 Aかのようだ

意味 本当はAではないのにAのようだ。

例文
・広子さんの部屋に入ると、花がたくさん飾ってあって、春が来た**かのようだ**。
・小さなカラオケ大会なのにお客さんの前で歌うと、スターになった**かのようだ**。
・林さんはビールを飲んだ**かのような**赤い顔をしている。
・4月なのに寒くて、冬に戻った**かのようだ**。
・あの社長秘書は自分が社長である**かのように**、社員に命令するので嫌われている。

✎Aは動詞のみ。

23 AからBにかけて

意味 AからBまでの範囲を表す。

例文
・中部地方**から**関東地方**にかけて**、大雨になるでしょう。
・土曜日**から**日曜日**にかけて**、山中湖へ行きました。
・3月下旬**から**4月**にかけて**、桜の花が咲きはじめる。
・首都高速道路は霞ヶ関**から**神谷町**にかけて**、渋滞（じゅうたい）しています。
・時代劇の「遠山の金さん」は肩**から**腕**にかけて**、桜吹雪（さくらふぶき）の入（い）れ墨（ずみ）をしている。

✎範囲がだいたいそのあたりという感じでいうときに使う。それに比べ「AからBまで」ははっきり範囲を限定する。

24 A からいうと/からいえば/からいって B

意味 A の側/立場/点/状況 からみると B。

例文
- 先生の立場**からいうと**、学校行事はどんな理由があっても休んではいけない。
- この点**からいえば**、アジアの経済は今後ますます発展するだろう。
- 火事現場の状況**からいって**、放火(ほうか)だろう。
- 現在の成績**からいえば**、東京大学は無理だと思う。
- 駅からは遠いが、環境の点**からいうと**住みやすいところだ。

✎A は名詞のみ。

25 A からして B

意味 A だけを考えても/ A だけから判断しても B。

例文
- 両親がペットショップを経営していたこと**からして**、彼女が動物好きになったのは、ごく自然なことだった。
- 彼の態度**からして**、反省しているとは思えない。
- まだ高校生の息子がたばこを吸うこと**からして**、父は許せなかった。
- 彼が毎朝、新聞配達していること**からして**、彼がまじめな学生だということがわかる。

✎2 級－26「A からすると/からすれば」、2 級－29「A から 見ると/見れば/見て/見ても」と類似。

26 A からすると/からすれば B

意味 A から考えると/ A から判断すると B。

例文
- 私の予想**からすると**、真夏日(まなつび)もあと数日だろう。
- すぐはげたこと**からすると**、この指輪はメッキ製品だろう。
- P さんの Q さんに対する態度**からすれば**、P さんが Q さんに好意を持っているのは明らかだ。
- いつもよく食べる彼女が食欲がないこと**からすると**、何かあったのだろうか。

✎2 級－25「A からして B」、2 級－29「A から 見ると/見れば/見て/見ても」と類似。

27 A からといって B

意味 A だけの理由で、B という結論を出すことはできない。

例文
- 学生だ**からといって**、勉強しているとはかぎらない。
- 体が大きい**からといって**、強いとはいえない。
- 友達がたばこを吸う**からといって**、あなたも吸うことはない。
- 彼女が仕事をしている**からといって**、結婚できないとはかぎらない。

✎逆接・B は否定形。

28 Aからには/からはB

意味 Aという事実がある以上当然Bである。

例文
・受験する**からには**、ぜひ合格したい。
・販売成績が伸びない**からには**、この商品は生産中止にするしかない。
・日本へ留学した**からには**、日本語が上手になりたい。
・約束した**からには**その約束を、守らなければならない。
・メンバーが9人集まらない**からには**、野球の試合はできない。

✎「AからはB」は、やや古風な言い方。「この雨の夜に、この羅生門(らしょうもん)の上で、火をともしているからは、どうせ唯(ただ)の者ではない。」(芥川龍之介(あくたがわりゅうのすけ)『羅生門』)
✎2級－3「A以上/以上はB」、2級－8「A上はB」と類似。

29 Aから 見ると/見れば/見て/見ても

意味 Aから 判断すると/判断すれば/判断して/判断しても。

例文
・今の成績**から見ると**、X大学への合格は難しいと思う。
・首輪をしていること**から見ても**、その猫は飼い猫に違いない。
・顔色がいいこと**から見れば**、病気は大分よくなったようだ。もうすぐ退院できるだろう。
・残された足跡の大きさ**から見て**、泥棒は体の大きい男だったに違いない。
・工事の進みぐあい**から見ると**、このビルの完成は来年以降になるだろう。

✎2級－25「AからしてB」、2級－26「Aからすると/からすれば」と類似。

30 AかわりにB

意味 Aの代理(だいり)でB。Aの代替(だいたい)としてB。

例文
・今日は田中先生が休みです。田中先生の**かわりに**、山田先生が教えます。
・母が風邪をひいたので、**かわりに**、父が晩ご飯を作ってくれた。
・交渉の結果を首相が発表する**かわりに**、外務大臣が発表した。
・映画を見に行く**かわりに**、家で最新のビデオを見る。

✎名詞の場合は、名詞＋の＋かわり。(最初の例文)
✎2級－99「Aにかわって/にかわり」と類似。

▼▼ 練習 ▼▼

次の文の ＿＿＿＿＿ にはどんな言葉を入れたらよいか。①、②、③、④から最も適当なものを１つ選びなさい。

1 彼女なら失礼なことを言い ＿＿＿＿＿ 。
① かねる ② かねない ③ かかわる ④ かかわらない

2 北陸から山陰地方に ＿＿＿＿＿ 大雪になるでしょう。
① かねて ② まで ③ かけて ④ かかわらず

3 日本のGNPの ＿＿＿＿＿ からすれば、日本人は豊かだといえるが、私はそうは思わない。
① 高い ② 高かった ③ 高さ ④ 高いのこと

4 大学に合格したから ＿＿＿＿＿ 、一生懸命勉強するつもりです。
① には ② に ③ では ④ で

5 私は最近物忘れがひどい。手帳にしっかり書いておかないと、大切な会議も忘れ ＿＿＿＿＿ 。
① かねない ② かもしれない ③ がたい ④ きらいがある

6 ４月下旬から５月上旬 ＿＿＿＿＿ 、ゴールデンウィークという連休がある。
① に沿って ② にかけて ③ につれて ④ にとって

7 田中さんが高い家賃を払っていること ＿＿＿＿＿ 、田中さんの給料は相当いいのだろう。
① からすれば ② からよって ③ からで ④ からに

8 「お父さん！料理を作った ＿＿＿＿＿ 後片づけもしてくださいよ！」
① からして ② からいって ③ からには ④ からすると

9 なまけ者の Ａ さんは、前もって言っておかないと、掃除当番を ＿＿＿＿＿ 。
① 休んでかねない ② 休むかねない ③ 休みかねない ④ 休めばかねない

10 親の立場 ＿＿＿＿＿ 、18歳同士の結婚には反対だ。
① からには ② からといって ③ からいえば ④ からある

11 家の前の小学校の校庭が静かなこと ＿＿＿＿＿ 、もう夏休みに入ったのだろう。
① ですると ② にすると ③ のですると ④ からすると

12 高校の成績 ＿＿＿＿＿ 、大学の入学試験も大丈夫だろう。
① から見れば ② 見れば ③ に見れば ④ が見れば

13 国連の世界人口白書は、2050年に世界人口は100億人に達すると予測、人口爆発が人類の生存を脅(おびや)かし ＿＿＿＿＿ と警告した。
① がたい ② かねる ③ っぽい ④ かねない

14 この状況 ＿＿＿＿＿ 、犯人は複数だろう。

① からいって ② までいって ③ のでいって ④ ためいって

15 遠くで雷の音がしていること ＿＿＿＿＿ 、夕立が来るだろう。

① からで ② からすれば ③ からは ④ からに

16 家賃が高い ＿＿＿＿＿ 見ても、東京は生活しにくい所だ。

① ことから ② だことから ③ なことから ④ にことから

17 田中君の部屋はちらかっていて、まるで泥棒にでも入られた ＿＿＿＿＿ 。

① かようだ ② かのようだ ③ かみたいだ ④ かのみたいだ

18 デザイン ＿＿＿＿＿ 、この服は高いだろう。

① からいって ② からには ③ からは ④ からといって

19 私のためのパーティー ＿＿＿＿＿ 、楽しかったわけではない。

① のからといって ②だからといって ③ ことからといって ④ からといって

20 寮が静か ＿＿＿＿＿ 見ると、学生はみんな夏休みでもう国へ帰ってしまったようだ。

① ことから ② だことから ③ なことから ④ にことから

21 カラオケでマイクを持って歌っているときの良子さんはまるでプロの歌手になった ＿＿＿＿＿ ようだ。

① あの ② その ③ かの ④ この

22 彼の家の ＿＿＿＿＿ 、彼はお金持ちに違いない。

① 豪華からいって ② 豪華さからいって ③ 豪華だからといって

④ 豪華といって

23 試験の設問に全部答えられなかった ＿＿＿＿＿ 、不合格と決まったわけではない。

① からといって ② からには ③ からして ④ からすると

24 ご主人が子どもを幼稚園へ送って行っていること ＿＿＿＿＿ 、奥さんはまだ病気なのだろう。

① からいう ② から見る ③ からといって ④ から見ると

25 飛行機の中から街を見おろすと、まるで、マッチ箱が並んでいるかの ＿＿＿＿＿ 。

① みたいだ ② ようだ ③ らしい ④ そうだ

26 彼の人を馬鹿にしたような態度 ＿＿＿＿＿ 、彼女は許せなかった。

① からには ② からでは ③ からで ④ からして

27 気に入らない ＿＿＿＿＿ 、人からプレゼントされたものをほかの人にあげるのはよくないと思う。

① からして ② だからして ③ からといって ④ だからといって

28 父が忙しいので、今夜のパーティーは父の ＿＿＿＿ 私が出席します。

① よって　② かわりに　③ ついでに　④ として

29 A さんは興奮して顔が赤くなり、まるでお酒でも飲んだ ＿＿＿＿ 。

① かのようだった　② かようだった　③ がのようだった　④ がようだった

30 子どもの行儀（ぎょうぎ）が悪いこと ＿＿＿＿ あの家の家庭教育がわかる。

① でして　② にして　③ からして　④ として

31 友達がやめる ＿＿＿＿ 、あなたも一緒にアルバイトをやめる必要はない。

① からいうと　② からすると　③ からといって　④ からとして

32 私の祖母はナイフとフォーク ＿＿＿＿ はしでフランス料理を食べる。

① かわり　② かわりに　③ のかわり　④ のかわりに

33 昨夜から朝 ＿＿＿＿ 、雪が降った。

① をかけて　② とかけて　③ にかけて　④ でかけて

34 子どものころからピアノがじょうずだったこと ＿＿＿＿ 、彼女には世界的なピアニストになる素質（そしつ）があったのだ。

① からして　② からには　③ からでは　④ からで

35 事業を始める ＿＿＿＿ 、ぜひ成功させたい。

① からいうと　② からすると　③ からには　④ からとして

36 忙しい父の ＿＿＿＿ 母が年賀状を書いている。

① かわって　② かわりに　③ かわりを　④ かわりが

37 日本では、6月から7月 ＿＿＿＿ 、梅雨の時期があり、雨がちの天気が続く。

① にかけて　② によって　③ にあいだ　④ にしたがって

38 退学勧奨（かんしょう）を行うことは、教育的見地 ＿＿＿＿ 望ましいものではない。

① とからして　② のからして　③ ものからして　④ からして

39 やる ＿＿＿＿ 、早く終わらせよう。

① からいうと　② からには　③ からといって　④ からとして

40 入院中の祖父はお風呂に入る ＿＿＿＿ 、毎日ぬれタオルで体をふいてもらっている。

① うちに　② きり　③ ばかりに　④ かわりに

4課（31～40）解説と例文

31 A 気味

意味 A のような傾向がある。

例文
- 風邪気味なので、早退させてください。
- 疲れ気味で、体中がだるい。
- 試験まで、あと少しだから、あせり気味だ。
- 何だか最近太り気味なのよ。エアロビクスでも始めようかしら。
- 今日の試合は相手チームに押され気味だ。勝てそうにもないなあ。

✎A が名詞の場合は、「名詞＋気味」。動詞は、「太る→太り気味」のようになる。
✎ふつう、かな書き。

32 A きり/きりだ

意味 ① A のまま（何かをして、その後、状況が変わらない）。 ② A だけ。

例文
- 息子はアメリカへ行ったきり、帰ってこない。 →①
- パソコンを買ったきり使ってない。 →①
- 彼女には先月会ったきりだ。 →①
- もうお金を貸すのは今回きりですよ。 →②
- 広い部屋で、２人きりで話していた。 →②

✎①は動詞（た形）＋きり。②は名詞＋きり。
✎①は「A きり～ない」の形で使われることが多い。（最初、２番目の例文）

33 A きる/きれる/きれない

意味 ① A し終える。 ② A するのをやめる。 ③非常に A した。

例文
- こんなにたくさんの料理は、ひとりでは食べきれない。 →①
- 迷いましたが、思いきって告白することにしました。 →②
- 疲れきって寝てしまった。 →③
- 電車の中で子どもに泣かれて困りきった。 →③
- 「私がやったのではない」と言いきったのだから、彼がやったのではないだろう。 →③

✎完了意識の強い表現なので、過去形になることが多い。
✎③は、２級－127「A ぬく」の②と類似。

34 A くせに/くせして B

意味 A のに B。逆接（ただし、人に対する皮肉、非難、軽蔑の気持ちが強い）。

例文
・あの人は体は大きいくせに、気は小さい。
・「あなたはお兄さんのくせして妹をいじめてばかりいるわね。」
・田中さんは、金があるくせしてけちだ。
・大学を卒業したくせに、仕事もしないでぶらぶらしている。

✎2級－109「A にしては B」、2級－159「A わりに/わりには B」と類似。

35 A くらい/ぐらい/くらいだ/ぐらいだ

意味 ① A ほど。ある状態や動作を、A を例にして表す。 ② A（最低限）程度。

例文
・うるさいぐらい「勉強しなさい」と言っても全然勉強しない。 →①
・彼女は神経質なぐらい、髪の毛のよごれを気にした。 →①
・倒れるぐらいびっくりした。 →①
・ひらがなくらい読めますよ。 →②
・こんな寒さぐらいでふるえていたら、この北国では生きてゆけないよ。 →②

36 A げ

意味 A そうな様子。

例文
・悲しげな顔をしている。
・A さんがひとりで寂しげにしていたので、「どうしたんですか」と声をかけた。
・高いビルの上での作業を人々は不安げに見上げていた。
・彼は意味ありげに片目をつぶってみせた。
・カラオケボックスではみんな楽しげに歌っている。

37 A こそ

意味 A を強調。

例文
・「昨日はどうもありがとう。」「こちらこそ。」
・明日の試験こそがんばろう。
・あなただからこそ、話せます。
・かわいいからこそしかるのよ。
・これこそ私の求めていたものだ。

38 Aことか

意味 A（気持ち、感情）を強調。詠嘆（えいたん）。

例文
・なぐられたときどんなに痛かったことか。
・もっと勉強しなさいと何度忠告したことか。
・いじめを受けていた少年はどんなにつらかったことか。
・私があなたのことをどんなに心配したことか。
・昔は貧しくて、パンも買えず、何度死のうと思ったことか。

39 AことからB

意味 Aが原因、理由でB。

例文
・飛行機に乗るときスーツケースが重量オーバーだったことから、追加料金を払わせられた。
・道沿いにトウモロコシ畑が多いことから、この通りはとうもろこし街道とよばれている。
・彼は、何でも知っていることから、生き字引（いきじびき）と尊敬されている。
・彼女は誰にでも親切なことから、みんなに慕（した）われている。
・彼女は父親が著名な学者であったことから、周囲から特別な目で見られがちであった。

✎Aが名詞の場合は、「名詞＋である/あった＋ことから」。

40 Aことだ

意味 Aすることが、必要だ/当然だ/大事だ。

例文
・人の陰口（かげぐち）は言わないことだ。
・もう悪いことは、しないことだ。
・治安（ちあん）の悪い地域には、行かないことだ。
・自分の部屋は自分で掃除することだ。
・疲れているときは、ゆっくり休むことだ。

✎忠告、命令、主張、勧告などを表す。

▼▼ 練習 ▼▼

次の文の ＿＿＿＿ にはどんな言葉を入れたらよいか。①、②、③、④から最も適当なものを１つ選びなさい。

1 隣の家は奥さんが強くて、ご主人は何事も押され ＿＿＿＿ なのよ。

① きみ ② ぎみ ③ きり ④ ぎり

2 父の帰りを待ち ＿＿＿＿ に、先に晩ご飯を食べてしまった。

① きれる ② きれない ③ きれず ④ きれた

3 交通事故でけがをした人は、＿＿＿＿ 声で助けを求めていた。

① 苦しいげな ② 苦しげな ③ 苦しいげに ④ 苦しげに

4 ひとり暮らしの老人が死後１週間たって、自宅で発見された。晩年はどんなにさびしかった

＿＿＿＿。

① ことか ② ことだ ③ ことね ④ ことです

5 風邪 ＿＿＿＿ なのだから、お風呂に入らないで早く寝なさい。

① が気味 ② の気味 ③ で気味 ④ 気味

6 わかり ＿＿＿＿ ことを何度も言わないでください。

① きった ② きる ③ きって ④ きれる

7 お手伝いして母親にほめられた子どもは、＿＿＿＿ だった。

① 得意(とくい)げ ②得意なげ ③ 得意でげ ④得意のげ

8「うちへ帰ったらすぐ勉強しなさい、と何度言った ＿＿＿＿ か。言うとおりにしないから、宿題を忘れるんですよ！」

① もの ② こと ③ とき ④ ところ

9 毎日遅くまで残業して疲れ ＿＿＿＿ なので今日は早く帰ることにした。

① げ ② なり ③ きり ④ 気味

10 彼は父親 ＿＿＿＿ 、子どもの教育は妻にまかせきりで、何もしない。

① のくせに ② でくせに ③ だくせに ④ くせに

11 A さんが何か ＿＿＿＿ にしていたので、こちらから声をかけた。

① 言いたいげ ② 言いげ ③ 言うげ ④ 言いたげ

12 ここは、昔城下町であった ＿＿＿＿ 、今でも古い立派な家が並んでいる。

① ことか ② ことから ③ ことに ④ ことなく

13 年末になると、クリスマスカードや年賀状の整理で忙しいのか、郵便は ＿＿＿＿ になる。

① 遅れる気味 ② 遅れない気味 ③ 遅れ気味 ④ 遅れて気味

14 甘いものはあまり食べないと言っていた ＿＿＿＿＿ 、ケーキを切ると一番大きいのを取った。

① くせに　② から　③ よって　④ ので

15 合格発表を見に行く林さんの顔は不安 ＿＿＿＿＿ だった。

① げ　② け　③ ぽい　④ めく

16 彼は責任感が強く、誰にでも ＿＿＿＿＿ クラス委員に選ばれた。

① 親切なことから　② 親切のことから　③ 親切だことから　④ 親切ことから

17 プレゼントをいただいた ＿＿＿＿＿ 、礼状を書くのを忘れていた。

① きみ　② ぎみ　③ きり　④ ぎり

18 彼女は歌が下手だった ＿＿＿＿＿ 、歌手になった。

① くせ　② くせが　③ くせで　④ くせして

19 よい音楽があって ＿＿＿＿＿ パーティーは盛り上がるというものだ。

① さえ　② こそ　③ でも　④ とも

20 現在使っている機械の機能では不十分な ＿＿＿＿＿ から、新しい機械の導入を決めた。

① ので　② もの　③ の　④ こと

21 国の両親には、2週間前に電話を ＿＿＿＿＿ 。

① かけてきりだ　② かけないきりだ　③ かけるきりだ　④ かけたきりだ

22 ＿＿＿＿＿ 何でも知っているふりをするから、彼はみんなに嫌われている。

① 知るくせに　② 知っているくせに　③ 知らないくせに　④ 知ったくせに

23 これ ＿＿＿＿＿ 、私にぴったりの靴だ。

① のみ　② さえ　③ から　④ こそ

24 この地方は、地震がよく起きること ＿＿＿＿＿ 、地震対策用品がよく売れている。

① ので　② から　③ よって　④ ため

25 先生と2人 ＿＿＿＿＿ 話したので、とても緊張した。

① きりは　② きりで　③ きりに　④ きりが

26 ゆうべ徹夜したので、立ったままでも眠れる ＿＿＿＿＿ 眠かった。

① だけ　② ぐらい　③ よう　④ みたい

27 去年の試験には失敗したが、今度 ＿＿＿＿＿ 、合格できるようにがんばるつもりです。

① こそ　② すら　③ きり　④ なり

28 親の言うことは聞く ＿＿＿＿＿ 。もし聞いていたらこんな結果にはならなかった。

① ところだ　② ことだ　③ ときだ　④ のだ

29 ちょっとたばこを買いに行くと言って出て行ったきり、主人はなかなか ＿＿＿＿＿ 。

① 戻ってきた　② 戻ります　③ 戻ってこなかった　④ 戻るはずだ

30 その豪邸は、私が一生働いても ＿＿＿＿＿ 高い。

① 買うぐらい　② 買ったぐらい　③ 買えるぐらい　④ 買えないぐらい

31 信じていた ＿＿＿＿＿ 、裏切（うらぎ）られたショックは大きい。

① からに　② からすると　③ からこそ　④ からといって

32 「できない。できない」と言っているのではなく、一度自分でやって ＿＿＿＿＿ 。

① みようことだ　② みてことだ　③ みたことだ　④ みることだ

33 ひとりでは飲み ＿＿＿＿＿ のだから、兄弟で仲良く分けて飲みなさい。

① きる　② きれない　③ きれて　④ きれた

34 彼からもらった指輪には、見えない ＿＿＿＿＿ 小さいダイヤモンドがついていた。

① ぐらいが　② ぐらいの　③ ぐらいで　④ ぐらいは

35 この企画を採用してもらうまで、何回お願いに行った ＿＿＿＿＿ 。

① ときか　② ものか　③ ところか　④ ことか

36 早く病気を治したかったら、医者の指示を守る ＿＿＿＿＿ 。

① だ　② ところだ　③ とこだ　④ ことだ

37 2人の関係は ＿＿＿＿＿ 。もうすぐ離婚するだろう。

① 冷える　② 冷えてきる　③ 冷えない　④ 冷えきっている

38 外国でパスポートを盗まれたときには、どうしていいかわからず、 ＿＿＿＿＿ だった。

① 泣くぐらい　② 泣かないぐらい　③ 泣きたくないぐらい　④ 泣きたいぐらい

39 会社が倒産しそうだったとき、助けてくれた田中氏に ＿＿＿＿＿ 感謝していることか。

① いつ　② どんなに　③ どこで　④ なに

40 風邪をひいたかなと思ったら温かくして早く ＿＿＿＿＿ 。

① 寝ることだ　② 寝たことだ　③ 寝てことだ　④ 寝ないことだ

5課（41～50）解説と例文

41 Aのことだから B

意味 A（人）だから、たぶんB。

例文 ・時間にうるさい先生のことだから、たとえ1分でも遅刻は遅刻だとおっしゃるに違いない。
・買い物好きの彼女のことだから、旅行先でもショッピングに一番時間をかけるだろう。
・気が弱い弟のことだから、いやだと思ってもはっきり断れないのだ。
・あのグルメの山田さんのことだから、食べたことのないものなんてないよ。
・まじめな田中さんのことだから、約束は守ると思います。

✎Aのいつもの行動から、Bを推測する。

42 Aことなく B

意味 Aしないで/Aせずに B。

例文 ・彼女は20年前に別れた子どもに再会することなく、ひとりさびしく死んでいった。
・有名な歌手だった彼も、老後は誰にも知られることなく、ひとり静かに暮らしている。
・彼は苦労することなく、名声（めいせい）を手に入れた。
・この食器洗い機は、手をよごすことなく、食器が洗えます。

✎動詞（現在形）＋ことなく

43 Aことに/ことには B

意味 Bなので、とてもA。

例文 ・うれしいことに、明日退院できるんです。
・ばかげたことに、彼は自ら注文した食事に手もつけなかった。
・不思議なことには、彼はすでにそのことを知っていた。
・興味深いことには、彼がそのソナタを作曲したときわずか7歳でした。
・意外なことに、訪ねていったその家は空き家だった。
・地震のあと外に出てみて驚いたことには、道路に大きな亀裂が走っていた。

✎話し手の意志にかかわらず起こったことに対して、感情を強調して表す。

44 AはBことになっている/こととなっている

意味 AはBです。(規則や社会習慣、予定)

例文
・卒業式は3月10日に行う**ことになっている**。
・日本では男性は18歳、女性は16歳になったら結婚できる**ことになっている**。
・冬休みは、帰国しない**ことになっています**が、さびしくなったら帰るかもしれません。
・日本では車は左側を走る**ことになっている**。
・ごみは、燃えるごみと燃えないごみを分別(ぶんべつ)して出す**こととなっている**が、きちんと分けて出さない人もいる。

45 Aことはない

意味 Aする必要はない。

例文
・一度ぐらい失敗してもあきらめる**ことはない**。
・そんなに嫌いなら無理してニンジンを食べる**ことはない**。
・手持ちのお金がないなら、現金で払う**ことはない**。カードで払えばいい。
・荷物を届けにわざわざ北海道まで行く**ことはない**、宅配便で送ればいい。

✎動詞(辞書形)+ことはない

46 A際/際に/際はB

意味 Aのとき/ときに/ときはB。

例文
・この書類は出国の**際**(さい)、係の者に提出してください。
・非常の**際には**、このボタンを押してください。
・本を返却する**際は**、受付へ申し出てください。
・車を買う**際には**、車庫証明が必要です。
・彼女とは去年イタリアを旅行した**際に**知り合った。

✎名詞+の+際/際に/際は

47 A最中に/最中だ

意味 Aしている途中に/Aしているところだ。

例文
・説明をしている**最中**(さいちゅう)**に**、邪魔(じゃま)しないでください。
・食事の**最中**だから、あとでこちらから電話します。
・合計がいくらになるか、今計算している**最中だ**。
・忙しい**最中に**、友達が訪ねてきた。
・テレビゲームをしている**最中は**、電話がかかってきても出ない。

✎動詞(~ている)+最中、名詞+の+最中、形容詞+最中
✎1級−43「AところをB」と類似。

48 Aさえ/でさえB

意味 A（極端なもの、条件）も/でも、B（だから、ほかのものは、もちろんB）。

例文
・この子は小学3年生なのに、ひらがなさえ書けない。
・日本人でさえ、敬語を間違える。
・今日は忙しくて食事をする時間さえなかった。
・先生でさえ答えられない難しい問題。

✎1級－21「Aすら/ですらB」と類似。

49 AさえBばC

意味 Aだけ、Bすれば/していれば/あればC。

例文
・大丈夫です。薬を飲みさえすれば、治ります。
・時間さえあれば、旅行に行けます。
・ただの疲労です。ゆっくり休みさえすれば、元気になります。
・足のけがが治りさえすれば、またもとのように走ったり泳いだりできるようになりますよ。
・私はケーキが大好き。ケーキさえ食べていれば幸せです。

✎Cは何かがいいほうに変化する。何かが可能になる。

50 Aざるをえない

意味 どうしてもAしないわけにはいかない。Aしなければならない。

例文
・これだけさがしても見つからないのだから、あきらめざるをえない。
・ファンに囲まれてしまった。サインせざるをえない。
・風邪をひいてしまった。旅行は中止せざるをえない。
・社長命令だから、休日出勤せざるをえない。
・先輩に誘われては、つきあわざるをえない。

✎Ⅰグループ　読む→読まざるをえない
Ⅱグループ　食べる→食べざるをえない
Ⅲグループ　勉強する→勉強せざるをえない
　　　　　　くる→こざるをえない

▼▼ 練習 ▼▼

次の文の ＿＿＿＿＿ にはどんな言葉を入れたらよいか。①、②、③、④から最も適当なものを１つ選びなさい。

1 ＿＿＿＿＿ のことだから、さがして届けてくれますよ。

① 親切な彼 ② 不親切な彼 ③ 親切 ④ 不親切

2 大地震のとき、震源地近くにいたが、＿＿＿＿＿、無事でした。

① 幸運なことも ② 幸運なことを ③ 幸運なことに ④ 幸運なことが

3 非常 ＿＿＿＿＿、この戸を破って逃げてください。

① 際には ② で際には ③ に際には ④ の際には

4 親 ＿＿＿＿＿、時には自分の双子を区別できないことがある。

① さえ ② でさえ ③ にさえ ④ とさえ

5 ベテラン俳優の彼女 ＿＿＿＿＿、どんな長いセリフもすぐおぼえますよ。

① なのに ② のですから ③ のことですから ④ ことですから

6 30歳も年が違うのに、＿＿＿＿＿、２人は夫婦だった。

① 驚くことには ② 驚きのことには ③ 驚きことには ④ 驚いたことには

7 お金を払う ＿＿＿＿＿、必ず領収書をもらってください。

① の際には ② 際には ③ 際では ④ 際とき

8 ＿＿＿＿＿ わかることが、大人であるあなたにわからないはずはない。

① 子どもでさえ ② 子どものさえ ③ 大人でさえ ④ 大人のさえ

9 少々体調が悪くても、勤勉な彼 ＿＿＿＿＿、学校を休むことなど考えられない。

① ならでは ② のことでは ③ のことだから ④ のことも

10 明日、山田さんと ＿＿＿＿＿ なっている。

① 会うのに ② 会うだろうことに ③ 会うことに ④ 会うものに

11 薬を飲む ＿＿＿＿＿、コーヒーやお茶でなく、水と一緒に飲んでください。

① ことには ② ところには ③ 際には ④ ものには

12 日本語は難しくありません。練習 ＿＿＿＿＿、誰でも話せるようになります。

① こそすれば ② さえすれば ③ ばかりすれば ④ もすれば

13 「このかばん、良子さんのじゃない。」「そうね、彼女 ＿＿＿＿＿、うっかり置き忘れて帰っちゃったのよ。」

① だから ② のだから ③ のことだから ④ ことだから

14 18歳未満は、ディスコには ＿＿＿＿＿ なっている。

① 入らないことと ② 入れないことに ③ 入らないものに ④ 入れないものに

15 面接試験を ＿＿＿＿＿ 、服装だけでなく髪型にも気を配ってください。

① 受けた際には ② 受け際には ③ 受ける際には ④ 受けるものには

16 A さんは、お酒さえ ＿＿＿＿＿ 、紳士（しんし）なのですが……。

① 飲んで ② 飲まないで ③ 飲まなければ ④ 飲まなくても

17 誰でも努力 ＿＿＿＿＿ 、成功することはできない。

① のことなく ② しなく ③ することなく ④ したことなく

18 日本では目上の人には敬語を ＿＿＿＿＿ 。

① 使うことになっています ② 使えることになっています

③ 使わないことになっています ④ 使えないことになっています

19 会議で発言している ＿＿＿＿＿ 携帯電話が鳴った。

① 際は ② ことに ③ なかに ④ 最中に

20 ＿＿＿＿＿ 降らなければ、明日の運動会は予定通り行われます。

① 雨でさえ ② 雨にさえ ③ 雨さえ ④ 雨こそ

21 彼は学校で勉強 ＿＿＿＿＿ 、独学で弁護士の資格を取った。

① しなく ② するなく ③ ことなく ④ することなく

22 地下鉄の駅構内では、たばこは ＿＿＿＿＿ 。

① 吸えないになっている ② 吸えないものになっている

③ 吸えないことになっている ④ 吸えないとになっている

23 結婚式 ＿＿＿＿＿ 、花嫁は緊張しすぎて気分が悪くなってしまった。

① の最中を ② の最中に ③ の最中から ④ の最中と

24 彼が最後にホームランを ＿＿＿＿＿ 、逆転優勝できたのに……。

① 打ちこそすれば ② 打ちさえすれば ③ 打ちすれば ④ 打てすれば

25 母は一度も外国に ＿＿＿＿＿ 、人生を終えた。

① 行かないことなく ② 行くことなく ③ 行ってことなく ④ 行きことなく

26 兄弟のあいだで、 ＿＿＿＿＿ ことはないよ。いつでも遊びにおいで。

① 遠慮の ② 遠慮した ③ 遠慮する ④ 遠慮し

27 街頭での撮影 ＿＿＿＿＿ 関係のない人が入ってきて、撮（と）り直しになった。

① が最中を ② を最中に ③ の最中に ④ に最中の

28　仕事だから、上司の言うことを ＿＿＿＿＿ 。

① 聞くをえないだろう　② 聞かずをえないだろう　③ 聞かざるをえないだろう
④ 聞かないをえないだろう

29　どんなに失敗しても、彼は ＿＿＿＿＿ 、また挑戦した。

① あきらめなく　② あきらめのことなく　③ あきらめることなく
④ あきらめるなく

30　冬だからといって、厚着して ＿＿＿＿＿ 。ホテルは暖房がきいている。

① 行くはない　② 行くことはない　③ 行くのではない　④ 行くのはない

31　人が ＿＿＿＿＿ 最中に質問するのはやめてください。

① 報告した　② 報告する　③ 報告　④ 報告している

32　物価が高い日本で留学生活を送るにはアルバイト ＿＿＿＿＿ 。

① するざるをえない　② しざるをえない　③ せざるをえない　④ ざるをえない

33　初めての出産で心配していましたが、＿＿＿＿＿ 、無事かわいい男の子が誕生しました。

① 幸せことに　② 幸せなことに　③ 幸せ　④ 幸せで

34　子どもにほしいと言われるたびに、小遣いを ＿＿＿＿＿ 。さもないと浪費ぐせをつけてしまう。

① 与えることはない　② 与えることだ　③ 与えるのはない　④ 与えことはない

35　貧しくて学校へも行けなかった子どもたちは、簡単な足し算 ＿＿＿＿＿ 。

① さえできる　② さえできるだろう　③ さえできた　④ さえできなかった

36　こんなに熱が高くては、学校を ＿＿＿＿＿ えないだろう。

① 休むを　② 休みざるを　③ 休まざるを　④ 休むざるを

37　せっかく友達になれたのに、＿＿＿＿＿ 、転校することになりました。

① 残念なのに　② 残念なことに　③ 残念なものに　④ 残念なことを

38　毎日掃除を ＿＿＿＿＿ が、週に一度はしたほうがいいよ。

① したことはない　② しなかったことはない　③ することはない
④ しないことはない

39　私は東京へ来てから、毎日勉強ばかりしていて、新宿 ＿＿＿＿＿ 。

① へさえ行った　② へさえ行きたかった　③ へさえ行ったことがある
④ へさえ行ったことがない

40　約束をした以上は、気が進まなくても ＿＿＿＿＿ 。

① 行くをえない　② 行かずをえない　③ 行かざるをえない　④ 行かないをえない

6課 （51～60）解説と例文

51 Aしかない

意味 Aのほかに方法がない、しかたがないという気持ち。

例文
・ワープロが故障してしまった。手書きで書類を作る**しかない**。
・その温泉宿へ行くには、バスもタクシーもないので駅から3時間歩く**しかなかった**。
・誰も手伝ってくれない。自分ひとりでやる**しかない**。
・山でけがをして動けなくなった。その場でじっとしている**しかなかった**。

✎2級－138「Aほかない/よりほかない/ほかはない/よりほかはない/ほかしかたがない」と類似。

52 A次第B

意味 AするとすぐにB。

例文
・ロンドンに到着**次第**（しだい）、電話をかけます。
・帰国**次第**、仕事をさがすつもりです。
・検査の結果がわかり**次第**、ご連絡します。
・家に着き**次第**、電話します。
・新しい情報が入り**次第**、お知らせいたします。

53 A次第だ/次第で/次第ではB

意味 Aがどうであるかによって、Bが決定する。

例文
・明日の天候**次第では**、登山のコースを変更しよう。
・この仕事が早く終わるかどうかは、みんなの働き**次第だ**。
・今後の努力**次第では**、目標の大学の試験に合格するのも夢ではない。
・あなたの言い方**次第で**、相手の怒りも解（と）けるかもしれない。

✎名詞＋次第だ/次第で/次第では
✎1級－2(1)「Aいかんで/では/によってはB、BはAいかんだ」と類似。

54 A上/上は/上も

意味 A では。

例文
・先生という立場上（じょう）、「休んでもいいです」とは、言えない。
・15歳では、日本の法律**上は**結婚は認められない。
・外見**上は**平静を装（よそお）っていたが、内心ではショックだった。
・２人とも大人だから、表面**上は**うまくつきあっているが、実は２人の仲は最悪だ。

✎名詞＋上/上は/上も

55 Aずにはいられない

意味 A しないではがまんできない。どうしても A したくなる。

例文
・人間は呼吸せ**ずにはいられない**。
・こんなにおもしろいこと、友達に話さ**ずにはいられない**。
・試験まであと少し。あせら**ずにはいられない**。
・大好きな祖母が入院した。心配で帰国せ**ずにはいられない**。

56 Aせいだ/せいで/せいかB

意味 A が原因（理由）だ/で/か、B（結果）。

例文
・気分がすっきりしないのは、風邪の**せいだ**。
・昨日は大雨だった**せいか**、観光地はどこもお客の入りが少なかった。
・夜更かしをする**せいで**、いつも朝早く起きられない。
・たばこを吸っている**せいか**、体の調子がよくない。
・あのレストランにお客が少ないのは、料理がまずい**せいだ**。

✎B は、悪い結果。

57 (1) AだけB　(2) Aだけあって/だけに/だけの（ことはある）B

意味 (1) A のかぎり B。　(2) A だから B。

例文
・できる**だけ**やってみて、だめならまた考えればいい。　→(1)
・有名な学者**だけあって**、何でもよく知っている。　→(2)
・試験に向けて一生懸命勉強した**だけに**、不合格のショックは大きかった。　→(2)
・彼はよく食べる**だけあって**、太っている。　→(2)
・彼は毎食後、歯を磨いている**だけのことはある**。虫歯が１本もない。　→(2)

58 たとい（たとえ）AてもB

意味 もしAでもB。

例文
・たとえ当日雨だったとしても、運動会は行います。
・たとえお腹がいっぱいだったとしても、ケーキなら食べられる。
・たとえ貧しくても、彼となら幸せな家庭が築（きず）けると思う。
・たとえタクシーで行っても、今からでは間に合わないだろう。
・たとえ誰がやっても、この問題は簡単には解けないだろう。

59 AたところB

意味 AしたらB。

例文
・田中さんに電話したところ、留守でした。
・やってみたところ、意外にやさしかった。
・誕生日に好きなバラの花をプレゼントしたところ、たいへん喜ばれた。
・鈴木さんに聞いたところ、そんな事実はないとのことだった。
・写真を見せたところ、犯人に間違いないと被害者は証言した。

60 Aたとたん（に）B

意味 Aしたちょうどそのとき、急にB。

例文
・背が高い彼は立ち上がったとたん、天井に頭をぶつけてしまった。
・その男は、警察官の姿を見たとたん走り出した。
・家を出たとたんに、雨が降り出した。
・田中君は、好子さんに会ったとたん、真っ赤になった。
・赤ん坊がやっと寝たとほっとしたとたんに、車の音がして起きてしまった。

▼▼ 練習 ▼▼

次の文の ＿＿＿＿ にはどんな言葉を入れたらよいか。①、②、③、④から最も適当なものを１つ選びなさい。

1 円高なので、父からの送金だけでは生活費が足りない。アルバイトする ＿＿＿＿ 。
　① ばかりだ　② しかない　③ にすぎない　④ だけだ

2 売れゆき ＿＿＿＿ では、増産も考えなければならない。
　① ようす　② かぎり　③ 次第　④ せい

3 食欲がないのは暑さの ＿＿＿＿ です。
　① せい　② おかげ　③ ばかり　④ だけ

4 あなたが作った料理なら、たとえ ＿＿＿＿ 食べます。
　① おいしくても　② おいしくなくても　③ 食べても　④ 食べなくても

5 冷蔵庫の中に何もない。即席麺(めん)を食べる ＿＿＿＿ 。
　① ものだ　② ばかりだ　③ しかない　④ ほどだ

6 経営のやりかた ＿＿＿＿ 、会社の利益は上がったり下がったりする。
　① 次第で　② ぐあいで　③ よりで　④ せいで

7 ゆうべ、寒かった ＿＿＿＿ 風邪をひいた。
　① ばかりで　② のに　③ せいで　④ 次第で

8 たとえ大地震がきた ＿＿＿＿ 、この建物なら心配ありません。
　① ところ　② とたん　③ としても　④ 上は

9 大雪で電車が止まってしまった。町まで歩く ＿＿＿＿ 。
　① ほどだった　② ばかりだった　③ しだいだった　④ しかなかった

10 田中氏とオペラ歌手の池田さんは、姓は違うが、戸籍 ＿＿＿＿ ２人とも田中で夫婦だ。
　① しかは　② ばかりは　③ 上は　④ 以上は

11 このへんは、 ＿＿＿＿ 、家賃が安い。
　① 便利せいか　② 不便せいか　③ 便利なせいか　④ 不便なせいか

12 電話で確認 ＿＿＿＿ 、名前も住所も架空(かくう)のものだったことが判明した。
　① するところ　② したところ　③ するとき　④ するなら

13 上司と合わない。ストレスがたまる一方だ。会社を ＿＿＿＿ 。
　① やめたしかない　② やめるばかりだ　③ やめただけだ　④ やめるしかない

14 今度の外務大臣になる人はたいへんだ。日本は今外交 ＿＿＿＿ 問題をたくさんかかえている。
　① 以上　② との　③ 上の　④ 次第の

15 私は数学が苦手だった＿＿＿＿＿、落第(らくだい)してしまった。

① よって　② 次第で　③ せいで　④ ばかりで

16 友人にその商品を紹介＿＿＿＿＿、たいへん喜ばれた。

① するところ　② するとき　③ したところ　④ したもの

17 給料が＿＿＿＿＿、お金をお返しします。

① 出る次第　② 出た次第　③ 出次第　④ 出した次第

18 子どもに残酷(ざんこく)な映画を見せるのは、教育＿＿＿＿＿よくない。

① 次第　② 点で　③ 上　④ 以上

19 子どものころけんかが強かった＿＿＿＿＿、彼はプロボクサーになった。

① 次第に　② せいで　③ ばかりあって　④ だけあって

20 古くから家にある骨董品(こっとうひん)を専門家に鑑定(かんてい)＿＿＿＿＿、数百万円の値打(ねう)ちがあるものとわかった。

① したところ　② するところ　③ してもらうところ　④ してもらったところ

21 田中はただ今、席をはずしております。＿＿＿＿＿、こちらからお電話させましょうか。

① 戻った次第　② 戻り次第　③ 戻る次第　④ 戻ってから次第

22 その計算式は理論＿＿＿＿＿誤りがある。

① の上　② 次第　③ 上　④ 点で

23 今度の試験は勉強＿＿＿＿＿、よくできた。

① するだけあって　② しただけあって　③ するだけで　④ しただけで

24 進学する大学の選定に迷って、先生に相談＿＿＿＿＿やはり自分で決めるのが一番いいと言われた。

① するなら　② したなら　③ するところ　④ したところ

25 雨が＿＿＿＿＿、試合を再開いたしますので、もうしばらくお待ちください。

① 上がるところ　② 上がりところ　③ 上がる次第　④ 上がり次第

26 焼鳥屋の前を通ったら、あまりにもおいしそうなにおいがしたので、買わずには＿＿＿＿＿。

① かまわなかった　② いられなかった　③ たまらなかった　④ かねなかった

27 あの機械は高い＿＿＿＿＿。まだ一度も故障しない。

① だけである　② だけでもある　③ だけのことはある　④ だけのことだ

28 餌(えさ)をやろうと手をかごに入れ＿＿＿＿＿、鳥は飛び出した。

① るとたん　② たとたん　③ てとたん　④ るやとたん

29 その件については、今調査中です。くわしいことが＿＿＿＿＿ご連絡いたします。

① わかった次第　② わかる次第　③ わかり次第に　④ わかり次第

30 待ち望んでいた初めての子どもが生まれた。「わー！」と ＿＿＿＿＿ 。

① 叫ぶしかいられなかった　② 叫ぶにはいられなかった

③ 叫ばずにはいられなかった　④ 叫んではいられなかった

31 優勝の期待が大きかった ＿＿＿＿＿ 、負けたときのショックは大きかった。

① おかげで　② だけに　③ ほど　④ からに

32 彼は宝くじで5000万円が ＿＿＿＿＿ に、浪費家（ろうひか）になった。

① 当たるやとたん　② 当たったすぐ　③ 当たるとたん　④ 当たったとたん

33 能力試験に合格するかどうかは、あなたの努力 ＿＿＿＿＿ 。

① のおかげです　② のためです　③ ばかりです　④ 次第です

34 気温が35度を超えた。いくら省エネといってもクーラーを ＿＿＿＿＿ 。

① つけずにはいられない　② つけるにはいられない　③ つけてはいられない

④ つけるにもいれられない

35 たとえ ＿＿＿＿＿ 、日本の法律は守らなければならない。

① 外国人なら　② 外国人とも　③ 外国人だったとしても　④ 外国人だったら

36 実験が成功したと ＿＿＿＿＿ 、彼は今までの苦労を思い出したのか泣き出した。

① わかるとたん　② わかったとたん　③ わかり次第　④ わかる次第

37 しばらくは試合への出場は無理だと言われていたが、回復 ＿＿＿＿＿ 、来週の試合から出場できるかもしれない。

① 次第には　② 次第から　③ 次第では　④ 次第より

38 雨の中でサッカーをして泥だらけになった。シャワーを ＿＿＿＿＿ いられない。

① 浴びる　② 浴びたい　③ 浴びずには　④ 浴びずは

39 ＿＿＿＿＿ 失敗したとしても、いい経験にはなる。

① たとえば　② たとえても　③ たとえ　④ たとえでも

40 課長に ＿＿＿＿＿ に、彼は態度が横柄（おうへい）になった。

① なるとたん　② なってとたん　③ なりとたん　④ なったとたん

7課（61～70）解説と例文

61 A たび/たびに B

意味　A するときはいつも B。

例文
・その歌をきくたびに、故郷を思い出す。
・会うたびにその子は大きくなっていた。
・その地方は台風のたびに、ひどい被害を受ける。
・彼女は日曜日のたびにデートをしている。

✎動詞（辞書形）＋たび/たびに、名詞＋の＋たび/たびに

62 A だらけ

意味　A がいっぱいついている。A がいっぱいある。

例文
・子どもは泥んこ遊びをしたらしく、泥だらけになって帰ってきた。
・事業に失敗して、借金だらけになった。
・彼の部屋は掃除をしてないから、ほこりだらけだ。
・岩だらけの海岸で小さなカニをたくさん見つけました。
・湯船(ゆぶね)を泡だらけにしてはしゃいでいます。
・人生は予測のつかないことだらけだ。

✎悪いことに使われることが多い。
✎1級－18「A ずくめ」、1級－84「A まみれ」と類似。

63 A ついでに B

意味　A の機会を利用して、B をする。

例文
・郵便局へ行くなら、ついでに私の手紙も出してきて。
・ハイキングのついでに、おいしいと評判の水を水筒いっぱい汲(く)んできた。
・新宿へ行ったついでに、都庁へ寄ってみた。
・洗車のついでに、庭に水をまいた。
・買い物のついでに、図書館へ寄った。

64 A っけ

意味 不確かなことを思い出しながら言うときに使う。やわらかな確認。

例文
- 「あの男の人何て名前だっ**たっけ**。この前聞いたのに忘れちゃった。」
- 子どものころよく川で泳い**だっけ**。
- 「山田さん、アメリカへは来週出発なさるんでし**たっけ**。」
- 「このブラウスどこで買っ**たっけ**。」
- 「陳さんが東京大学に合格したん**だっけ**。」「違うよ。林さんだよ。」

✎会話で使われる。
✎過去のことを回想するときにも使われる（2番目の例文）。

65 A っこない

意味 A するはずがない。

例文
- こんな難しい問題、わかり**っこない**よ。
- 彼は来**っこない**よ。連絡していないんだから。
- こんなにたくさん食べられ**っこない**ですよ。
- 歩いて行っても間に合い**っこない**から、タクシーで行きましょう。
- 彼は口が固いから、言い**っこない**よ。

✎強い否定。会話で使われる。

66 A つつ/つつも B

意味 ① A ながら B（動作の同時進行）。　② A のに/ながら B（逆接）。

例文
- 酒を飲み**つつ**話し合った。　→①
- 車を運転し**つつ**、カセットテープで英会話の勉強をする。　→①
- 甘いものは太ると知り**つつも**、目の前にあるとつい食べてしまう。　→②
- たばこは健康に悪いと知り**つつも**、なかなかやめられない。　→②
- 失礼とは思い**つつ**、お願いに来てしまった。　→②

✎書き言葉的。
✎②は、2級－91「Ａ ながら Ｂ」と類似。

67 Aつつある

意味 Aてくる（Aが進行中）。

例文
・日本でも失業者が増え**つつある**。
・最近は、円安のため業績が好転し**つつある**企業もある。
・地球の気温は毎年高くなり**つつある**。
・父の病気はだんだん回復に向かい**つつあった**。

68 Aっぽい

意味 Aの傾向が強い。Aという性質がある。

例文
・彼女は男の兄弟の中で育ったので、男**っぽい**ところがある。
・ほこり**っぽい**部屋だ。
・年をとると、怒り**っぽく**なります。
・買ったときは、鮮（あざ）やかなブルーのシャツだったのに、洗濯したら白**っぽく**なってしまった。
・「うん」という返事は子ども**っぽい**感じがします。

69 Aて以来B

意味 ①Aしてから、いままでずっとBしている/していない。 ②Aしてから、Bになった。

例文
・結婚して**以来**、体重が増え続けている。 →①
・4月に日本へ来て**以来**、まだ一度も台湾へ帰っていません。 →①
・イタリアへ旅行して**以来**、イタリア留学を考え貯金している。 →①
・犬を飼うようになって**以来**、毎日犬と散歩することが習慣となった。 →②
・日本に来て、初めて天ぷらを食べた。それ**以来**天ぷらが大好きになった。 →②

70 Aてからでないと/からでなければB

意味 Aしなければ、Bできない。

例文
・日本語を勉強し**てからでないと**、日本の大学に入ることはできません。
・くわしくお話をうかがっ**てからでないと**、ご返事できません。
・品物を見**てからでなければ**、いくらで買うか決められません。
・ジャガイモは煮たり焼いたりし**てからでないと**食べられません。

✎Bは否定形。
✎2級−88「AないことにはB」と類似。

▼▼ 練習 ▼▼

次の文の ＿＿＿＿ にはどんな言葉を入れたらよいか。①、②、③、④から最も適当なものを１つ選びなさい。

1 旅行 ＿＿＿＿ 新しい出会いがあります。

① にたびに　② のたびに　③ でたびに　④ をたびに

2 ＿＿＿＿ ついでに、喫茶店でコーヒーを飲みながら友達とおしゃべりした。

① 買い物するの　② 買い物しない　③ 買い物するなら　④ 買い物の

3 両親の健康を案じ ＿＿＿＿ 、故郷を後にした。

① つつ　② づつ　③ ごと　④ こと

4 母が選ぶのはいつも、子ども ＿＿＿＿ 洋服ばかりで私の趣味に合わない。

① がち　② 気味　③ みたい　④ っぽい

5 外国に住んでいる彼は電話で話す ＿＿＿＿ さびしさをうったえる。

① ところ　② いつも　③ つねに　④ たびに

6 横浜の先生のお宅にうかがう ＿＿＿＿ 、中華街へ寄ってみないか。

① あげく　② すえに　③ よって　④ ついでに

7 同窓会では小学校時代を ＿＿＿＿ つつ酒をくみかわした。

① なつかしむ　② なつかしんで　③ なつかしみ　④ なつかしまない

8 A さんは ＿＿＿＿ っぽいから、大切なことは頼まないほうがいいと思う。

① 忘れる　② 忘れて　③ 忘れない　④ 忘れ

9 洋子さんはテスト ＿＿＿＿ たびに学校を休む。

① で　② が　③ の　④ を

10 「今度の試験はいつだった ＿＿＿＿ 。」「来週の月曜日だよ。忘れたの。」

① っの　② っね　③ っけ　④ っか

11 お花見はいいものだ。桜をながめ ＿＿＿＿ 、お酒を飲む。

① なり　② うえ　③ だに　④ つつ

12 日本へ来て以来まだ一度も友達に手紙を ＿＿＿＿ 。

① 書きます　② 書きました　③ 書いています　④ 書いていません

13 高校の卒業写真を見る ＿＿＿＿ 初恋の人のことを思い出す。

① あげくに　② ところに　③ たびに　④ 末に

14 「彼と海へ行ったの。写真見る？」「うん、見せて。あなたの彼って、こんなに太って ________ 。」

「最近急に太っちゃって。」

① いたよね ② いるよね ③ いったけ ④ いたっけ

15 いやだと思い ________ 、頼まれると、断れない。

① つつ ② のに ③ けれども ④ でも

16 卒業 ________ 仕事が忙しくて、クラスメートと連絡を取っていません。

① する以来 ② しない以来い ③ して以来 ④ した以来

17 子どもは砂場で遊んでいたらしく、砂 ________ になって帰ってきた。

① だらけ ② たくさん ③ いっぱい ④ 大勢

18 「今日、日曜日だ ________ ？」「土曜日よ、日曜日は明日じゃない。いやあね。」

① っけ ② から ③ か ④ け

19 この国の経済は ________ つつある。

① 発展する ② 発展しない ③ 発展して ④ 発展し

20 前にカキを食べてお腹を ________ 、カキが嫌いになった。

① こわした以来 ② こわして以来 ③ こわす以来 ④ こわし以来

21 先生に作文を直していただいた。私の作文は間違い ________ だった。

① まみれ ② だらけ ③ ずくめ ④ いっぱい

22 「彼は会社勤めをやめて故郷に帰ったよ。」「そういえば、故郷で農業をやりたいって言ってた

________ 。」

① とか ② け ③ から ④ っけ

23 日本では子どもの数が減り ________ 。

① ものか ② つつある ③ 限りだ ④一方だ

24 去年初めて会って ________ 、彼のことが忘れられなくなりました。

① 以来 ② 未来 ③ 以上 ④ 次第

25 待ち合わせ場所で有名な渋谷のハチ公前は、たばこの吸がら ________ だ。

① だけ ② だらけ ③ のみ ④ しか

26 彼女は誘っても ________ っこないよ。毎週土曜日はデートなんだから。

① 行く ② 行き ③ 行って ④ 行かない

27 ベトナムでは日系企業が ________ 。

① 増えてある ② 増えてつある ③ 増えつてある ④ 増えつつある

28 そのことについては、会議で検討して ________ 、決定できないな。

① からいうと ② からといって ③ からすると ④ からでないと

29　この近くにはあちこちに公園があるが、公園のベンチは鳩のふん ________ 、座れない。

① だらけ　② だらけに　③ だらけで　④ だらけが

30　A 国と B 国が戦争なんて始めっ ________ よ。話し合いで解決すると思うよ。

① け　② ぽい　③ つつ　④ こない

31　円高のためか、留学生の数も減り ________ ある。

① つつ　② 一方　③ がち　④ 気味

32　通信販売は便利だが、受け取って品物を確認 ________ からでないと、その品物が本当にいいかどうかわからない。

① する　② した　③ して　④ しない

33　車で出かけるなら、 ________ 私を駅まで乗せていってください。

① ついで　② ついでに　③ つれて　④ につれて

34　A 君は今すぐには ________ っこないよ。失業中なんだから。

① 結婚する　② 結婚しない　③ 結婚し　④ 結婚して

35　もう4月なのだから、そんな冬 ________ セーターを着て出かけないでよ。

① みたい　② っぽい　③ 気味　④ よう

36　図面を見ても、想像できない。完成して ________ 、どんな家ができるのかわからない。

① からでないと　② からみると　③ からして　④ からいうと

37　スーパーへ行くなら、 ________ 牛乳も買ってきて。

① ついて　② ついてに　③ ついで　④ ついでに

38　もう11時だよ。彼に電話するのはやめたほうがいいよ。こんなに遅くまで起きて ________ 。彼はいつも朝早いんだから。

① いるよ　② いてよ　③ いっこないよ　④ いたよ

39　毎日シャンプーして、ドライヤーで熱風をあてていたら、髪がいたんだのか、茶色 ________ なってきた。

① っぽい　② っぽいに　③ っぽく　④ っぽくて

40　私は気に入りましたが、主人と相談して ________ 、契約はできません。

① からすれば　② からでなければ　③ からみれば　④ からいえば

8課（71～80）解説と例文

71 Aてしょうがない

意味　A が原因、理由でがまんできない。

例文
・風邪をひいたのかなあ……？頭が痛くてしょうがない。
・彼が人の悪口ばかり言うので不愉快でしょうがなかった。
・近くに動物園があるのでくさくてしょうがない。
・暑くてしょうがないので、クーラーを買うことにした。
・眠くてしょうがないので、家に帰ってすぐ寝た。

✎2級－72「A てたまらない」、2級－73「A てならない」、2級－90「A ないではいられない」、1級－93「A を禁じ得ない」と類似。

72 Aてたまらない

意味　A が原因、理由でがまんできない。A の気持ちをおさえられない。とても A だ。

例文
・頭が痛くてたまらないので、会議を途中で抜け出した。
・無責任な彼の態度に腹が立ってたまらない。
・結婚が決まって彼女はうれしくてたまらないらしく、みんなに話したがる。
・暑くてたまらないので、クーラーをつけた。
・もう少しがんばれば合格できたのに、残念でたまらない。

✎A は感覚や感情などを表す言葉。
✎2級－71「A てしょうがない」、2級－73「A てならない」、2級－90「A ないではいられない」、1級－93「A を禁じ得ない」と類似。

73 Aてならない

意味　A の気持ちをおさえられない。

例文
・優勝が決まったとき、うれしくてならなかった。
・離れて暮らしている恋人のことを思うと、恋しくてならない。
・こんなに早く亡くなってしまい、残念でなりません。
・家族に死なれてひとりぼっちになったあの人がかわいそうでならない。

✎2級－71「A てしょうがない」、2級－72「A てたまらない」、2級－90「A ないではいられない」、1級－93「A を禁じ得ない」と類似。

74 Aということだ

意味 Aだそうだ。(伝聞)

例文
・天気予報によると、今週いっぱいは、お天気が続く**ということだ**。
・けさのニュースによると、また私鉄の運賃が値上がりする**ということだ**。
・田中先生の授業は来週は休講だ**ということだ**。
・しばらくは景気は回復しない**ということだ**。
・米国の大統領が中国を訪問する**ということだ**。

✎2級−81「Aとか」と類似。

75 Aというと/といえば/といったら

意味 ①会話の中で、出てきたAという話題を取り上げるときに使う。 ②Aを特に取り上げて強調するときに使う。

例文
・「先日北海道へ旅行しました。」「北海道**といえば**、カニがおいしかったでしょう。」→①
・「草津へ行きませんか。」「草津**というと**、あの温泉で有名な所ですか。」 →①
・「陳さん**といえば**、大学に進学したそうですが、今どこに住んでいるの。」 →①
・その景色の美しさ**といったら**、とても言葉では表現できない。 →②
・ドイツ人の勤勉さ**といえば**、定評がある。 →②

76 Aというものだ

意味 「Aだ」という話者の強い主張。

例文
・けんかすると、いつも弟ではなく私がしかられる。これは不公平**というものだ**。
・小さな子に何時間もじっとすわっていろというのは、無理**というものだ**。
・最後までやりとげないのは、無責任**というものだ**。
・私たちの収入で1億円の家を買いたいなんて、あなたそれは無理**というものよ**。
・こんな簡単な練習問題では、やる意味がない**というものだ**。

77 Aというものではない/というものでもない

意味 「Aではない」という話者の強い主張。

例文
・年が若ければいい**というものではない**。
・ケーキは甘いほうがおいしい。しかし甘ければいい**というものでもない**。
・高価な材料を使いさえすればおいしい料理ができる**というものでもない**。
・電気店は安ければいい**というものではない**。故障したときのアフターサービスが充実(じゅうじつ)していることも重要だ。

78 A というより B

意味 A より B の表現のほうが適切だ。

例文
- これは小説**というより**詩だ。
- 彼女は、できない**というより**やろうとしないのです。
- 猫も10年も飼っていると、ペット**というより**家族の一員です。
- 彼は優しい**というより**、優柔不断(ゆうじゅうふだん)なのです。
- 彼は倹約家(けんやくか)**というより**けちだ。

79 A といっても B

意味 A だが、しかし B。

例文
- 泳げる**といっても**、5メートルぐらいです。
- 古い**といっても**、どこもこわれていないからまだ十分使えます。
- 財布を落とした**といっても**、中には1000円ぐらいしか入っていなかった。
- 私は甘いものが好きじゃない**といっても**全然食べないわけではない。
- 庭付き一戸建ての家**といっても**、庭は猫の額(ひたい)ほどの広さしかありません。

✎A に対する一般的なイメージと B の現実が違うときに使う。
✎1級－46「A とはいえ B」と類似。

80 A とおり/とおりに/どおり/どおりに

意味 A と同じ(に)。

例文
- 説明書に書いてある**とおりに**、ご使用ください。
- 私が言った**とおり**の結果になった。
- その子どもはわがままで、自分の思う**とおりに**ならないと、泣く。
- 彼はわがままで、自分の思い**どおりに**ならないと、気に入らない。
- 彼は希望**どおり**の大学に合格しました。

✎名詞＋どおり、動詞＋とおり
✎ふつうかな書きだが、通り(に) とも書く。

▼▼ 練習 ▼▼

次の文の ＿＿＿＿ にはどんな言葉を入れたらよいか。①、②、③、④から最も適当なものを１つ選びなさい。

1　のどがかわいて ＿＿＿＿ 、コーラを買って飲んだ。

①　ことから　②　以来　③　しょうがないので　④　以上は

2　子どものようにかわいがっていたペットが死んでしまった。＿＿＿＿ ならない。

①　悲しい　②　悲しみ　③　悲しさ　④　悲しくて

3　ご主人は何を食べても、おいしいと言ったことがないそうだ。これでは、奥さんも料理するかいがない ＿＿＿＿ 。

①　というものだ　②　というだ　③　というところだ　④　というようだ

4　彼は頭がいい ＿＿＿＿ 、要領がいいのです。

①　からは　②　からして　③　よって　④　というより

5　もう少し待てば、バーゲンで半額になったのに、＿＿＿＿ しょうがない。

①　残念　②　残念な　③　残念に　④　残念で

6　姪(めい)は今春幼稚園に入園した。幼稚園が楽しくて ＿＿＿＿ らしい。

①　ならない　②　かねない　③　ことはない　④　わけでもない

7　こんなにやさしい漢字も書けないのは、あまりに勉強が足りない ＿＿＿＿ 。

①　とするものだ　②　というものだ　③　としたものだ　④　といったものだ

8　最初のピアノは打楽器(だがっき)という ＿＿＿＿ 弦楽器(げんがっき)に近いものだった。

①　より　②　から　③　ので　④　まで

9　カラオケの音が ＿＿＿＿ しょうがないので、文句を言いに行った。

①　うるさい　②　うるさくて　③　うるさいで　④　うるさいだ

10　調査によると、来年の新卒者の求人倍率は、過去最低になりそうだ ＿＿＿＿ 。

①　というものだ　②　ようだ　③　らしい　④　ということだ

11　音楽が好きなのはいいが、朝６時からステレオをかけるのは迷惑という ＿＿＿＿ 。

①　ものがある　②　もの　③　ものではない　④　ものだ

12　運転免許を持っていると ＿＿＿＿ 、１週間前に取ったばかりですから……。

①　いえば　②　いっても　③　いって　④　いうと

13　このアパートは新築だし部屋も広いが駅から遠いので、不便 ＿＿＿＿ 。

①　にしょうがない　②　でしょうがない　③　ではしょうがない

④　にはしょうがない

14　A 大学の入試は、面接が重視されるという ＿＿＿＿＿ 。

① はずだ　② ぎみだ　③ ことだ　④ ほどだ

15　どんなに一生懸命やってもうまくいかないときもある。これが現実 ＿＿＿＿＿ 。

① というばかりだ　② というものだ　③ というほどだ　④ というはずだ

16　彼は甘いものがきらい ＿＿＿＿＿ 、全然食べないわけではない。

① というと　② というより　③ といえば　④ といっても

17　蚊にさされたところが ＿＿＿＿＿ たまらない。

① かゆい　② かゆいだ　③ かゆくて　④ かゆいで

18　気象庁の長期予報によると、今年の冬は暖かい ＿＿＿＿＿ 。

① というものだ　② というところだ　③ ということだ　④ というわけだ

19　子どもはかわいがればいいという ＿＿＿＿＿ 。悪いことをしたときには厳しくしかることも必要だ。

① ものだ　② ものではない　③ ことだ　④ ところだ

20　中国語が ＿＿＿＿＿ といっても、挨拶程度です。

① 話す　② 話させられる　③ 話させる　④ 話せる

21　ダイエット中なのに、甘いものが ＿＿＿＿＿ たまらない。

① 食べたい　② 食べたくない　③ 食べたくて　④ 食べたくなくて

22　ゴールデンウィークに海外に出かけた人は史上最高の100万人にのぼる ＿＿＿＿＿ いうことだ。

① に　② と　③ が　④ から

23　好きなものを好きなだけ食べればいい ＿＿＿＿＿ 。食事はバランスよくいろいろな種類の食品を食べたほうがよい。

① というものだ　② というものではない　③ というわけだ　④ ということだ

24　まずい ＿＿＿＿＿ 、食べられないほどでもない。

① といっても　② といえば　③ というより　④ といったから

25　外国でのひとり暮らしはさびしくて ＿＿＿＿＿ 。

① たまらない　② たまる　③ かねない　④ かねる

26　赤門 ＿＿＿＿＿ 、東京大学にあるあの門のことですよ。

① となると　② でいうと　③ といったら　④ でいえば

27　恋人はほしいけど、 ＿＿＿＿＿ というものでもない。私にも好みがある。

① 誰もいい　② 誰でもいい　③ 誰もいやだ　④ 誰でもいやだ

28　画面で指示された ＿＿＿＿＿ 、ボタンを押してください。

① どおりは　② とおりは　③ どおりに　④ とおりに

29 あのチームに負けるなんて、悔(くや)しくて ＿＿＿＿ 。

① そういない ② ほかならない ③ かねない ④ たまらない

30 「ええと、海の日 ＿＿＿＿ 、7月20日でしたよね。」

① にいうと ② でいうと ③ というと ④ はいうと

31 会議はただ出席すればいい ＿＿＿＿ 。自分の意見を積極的に述べることも必要だ。

① というものだ ② というものではない ③ ということだ

④ というのではない

32 飛行機は定刻(ていこく) ＿＿＿＿ 到着の予定です。

① とおり ② どおり ③ おなじ ④ 次第

33 まだ勉強したいことが残っているのに、都合で帰国することになりました。残念 ＿＿＿＿ 。

① なりません ② になりません ③ のなりません ④ でなりません

34 先日エレベーターの中に閉じこめられてしまったの。そのときの心細(こころぼそ)さ ＿＿＿＿ 、言葉では言い表せないわ。

① と考えたら ② と見たら ③ としたら ④ といったら

35 彼は慎重 ＿＿＿＿ 、無能(むのう)なのです。

① というと ② というから ③ というより ④ というので

36 核実験は計画 ＿＿＿＿ 実行された。

① ところに ② として ③ とおりに ④ どおりに

37 初めての孫なのでおばあちゃんは、 ＿＿＿＿ らしい。

① かわいいならない ② かわいくてならない ③ かわいいでならない

④ かわいいにならない

38 「ゴールデンウィークに日光へ行ってきました。」「日光 ＿＿＿＿ 、田中先生があちらにお住まいでしたね。」

① とすれば ② といえば ③ といけば ④ と考えれば

39 彼は、頭が悪い ＿＿＿＿ いうより勉強しないのです。

① で ② に ③ と ④ を

40 係の人の指示 ＿＿＿＿ 移動してください。

① どおりに ② 以上は ③ うえで ④ ように

9課（81～90）解説と例文

81 Aとか

意味 たしかA（と言っていた）。はっきりしない情報を表す。

例文
- 天気予報では明日雨だ**とか**言っていたけど、運動会大丈夫かな。
- 「陳さんどこへ行ったの？」「確か、図書館へ行く**とか**言っていたけど。」
- 「ゴールデンウィークに海外へお出かけになった**とか**うかがいましたが、どちらへお出かけでしたか？」
- 「車買う**とか**言っていたけど、もう買ったの？」「ううん、まだ運転免許取れてないの。」
- 昔は、この駅の周辺も畑だった**とか**。今からは想像もできない。

✎2級－74「Aということだ」と類似。

82 AどころかB

意味 ①AはもちろんBさえ。　②Aではなく逆にB。

例文
- お腹が空いたが、食べ物**どころか**水もなかった。　→①
- 最近は子ども**どころか**大人もテレビゲームに夢中になっている。　→①
- パチンコでもうけようとしたが、もうける**どころか**大損（おおぞん）をした。　→②
- やせようと思ってジョギングを始めたが、食欲が出てやせる**どころか**太ってしまった。→②
- 最近の飼い猫はネズミをとる**どころか**、こわがって近づきもしないそうだ。　→②

✎1級－75「AはおろかB」と類似。

83 Aどころではない/どころではなく

意味 Aするような状態、気分ではない。その逆の状態、気分だ。

例文
- 毎日忙しくて遊ぶ**どころではない**よ。
- 心配事があって、勉強**どころではなく**、試験の準備が進まない。
- 卒業試験が1週間後にあるので、デート**どころではない**。
- せっかくの連休だが、家賃さえ払えないのだから、旅行に行く**どころではない**よ。
- 被災地（ひさいち）の方たちは、お正月**どころではない**だろう。

84 Aところに/ところへ/ところを

意味 ちょうどAしているとき。

例文
・出かけようとしているところに、友達が訪ねてきた。
・電話をかけようとしているところへその相手から電話がかかってきた。
・大地震は人々が熟睡（じゅくすい）しているところを襲（おそ）った。
・姉の日記を読んでいるところを母に見つかってしまい、しかられた。

✎Aが動詞の場合は、「ている」の形が使われる。
✎ほかにも「動詞（辞書形）＋ところ」（動作をする直前）、「動詞（た形）＋ところ」（動作が終わった直後）を表す表現もある。

85 Aとしたら/とすれば

意味 Aと仮定すると。

例文
・結婚するとしたら、どんな人を選びますか。
・言うとすれば今しかない。明日彼は帰国してしまう。
・買う気はないが、買うとしたら、最高のものを買いたい。
・京都に行くとしたら、季節はいつが一番いいですか。
・宝くじで1億円当たったとしたら、何に使いますか。

86 (1) Aとして/としては/としても　(2) Aとしても

意味 (1) Aという資格・身分・役割・立場で。　(2) Aとしたら。（可能性の少ない仮定）

例文
・あの教授は学者としては業績をあげているが、教育者としては失格だ。　→(1)
・私は留学生として日本へ来ました。　→(1)
・彼女は母としても妻としても完璧（かんぺき）なすばらしい女性だ。　→(1)
・今週は忙しいから、彼女と会えるとしても、週末だなあ。　→(2)
・私はテレビはあまり好きじゃない。見るとしてもニュースぐらいだ。　→(2)

✎(2)は、1級－44「Aとしたところで/としたって/にしたところで/にしたってB」と類似。

87 Aとともに

意味 Aと一緒に/同時に。

例文
・夏休みは、家族とともに旅行します。
・願書とともに高校の卒業証明書を提出すること。
・彼女は結婚するとともに、退職した。
・彼女は母親であるとともに、有名な女優でもあった。
・彼は会社を定年退職するとともに、商売を始めた。

88 A ないことには B

意味 A しなければ、B できない。

例文
- 靴ははいてみないことには、足に合うかどうかわからないから本人がお店に行って買ったほうがいい。
- 悩みをすべて聞いてみないことには、アドバイスのしようがない。
- どの程度癌(がん)が進行しているか、検査しないことにはわかりません。
- 生活してみないことには、その国のよさはわからない。
- 実際にものを見ないことには、いいか悪いか判断できない。

✎ 2級−70「A てからでないと/からでなければ B」と類似。

89 A ないことはない/ないこともない

意味 (条件があれば) A の可能性が全くないわけではない。

例文
- 安くしてくれれば買わないこともない。
- トラックがあれば、運べないことはない。
- ゆっくり話せば、わからないこともない。
- お酒は好きではないが、つきあいで飲まないこともない。
- 機会があれば、行ってみたくないこともない。

90 A ないではいられない

意味 A したい気持ちをがまんすることができない。

例文
- 贈り物の包みはすぐ開けないではいられない。
- 子どもはおいしそうなものを見ると、すぐ食べないではいられない。
- 母が病気だと聞いては、国に帰らないではいられない。
- 明日は試験があるが、このドラマだけは、見ないではいられない。
- 思ったことをすぐ口に出さないではいられない人がいる。

✎ 2級−71「A てしょうがない」、2級−72「A てたまらない」、2級−73「A てならない」、1級−93「A を禁じ得ない」と類似。

▼▼ 練習 ▼▼

次の文の ＿＿＿＿＿ にはどんな言葉を入れたらよいか。①、②、③、④から最も適当なものを１つ選びなさい。

1 「今の人、誰？」「たしか田中さん ＿＿＿＿＿ 言ってたけど、よくおぼえていないんだ。」

① とて　② とか　③ との　④ とが

2 会社が倒産してしまった山田さんは、今結婚 ＿＿＿＿＿ と思うよ。

① どころではない　② というものではない　③ ないではいられない

④ ものではない

3 今回の事件について、校長 ＿＿＿＿＿ 感想をお聞かせください。

① という　② による　③ としての　④ こその

4 お見舞いに行ってみない ＿＿＿＿＿ 、容態はわからない。

① ことで　② ことでは　③ ことに　④ ことには

5 彼女、結婚する ＿＿＿＿＿ 言ってたけど、相手は誰なの。

① とて　② とか　③ とが　④ とから

6 夏休みはもっぱら勉強しようと思っていたが、アルバイト先の手が足りず、アルバイトの日を減らす ＿＿＿＿＿ 、毎日朝から晩まで働くことになってしまった。

① どころで　② どころではなく　③ どころだ　④ どころだが

7 彼は招待選手 ＿＿＿＿＿ 東京国際マラソンに参加しました。

① において　② にとって　③ をもって　④ として

8 家は実際に住んでみないこと ＿＿＿＿＿ 、本当にいいかどうかわからない。

① には　② では　③ をは　④ へは

9 ＿＿＿＿＿ とかお聞きしましたが、もうお元気になられましたか。

① ご病気ではない　② ご病気の　③ ご病気な　④ ご病気だった

10 万引(まんびき)している ＿＿＿＿＿ 監視カメラでチェックされつかまった。

① ところで　② ところを　③ ところに　④ ところへ

11 私 ＿＿＿＿＿ 、賛成ですが、ほかの人の意見も聞いてみないと、決められません。

① にとっては　② としては　③ からは　④ ならでは

12 難しい文章も辞書があれば、読めない ＿＿＿＿＿ 。

① はない　② のはない　③ こともない　④ ですところはない

13 田中先生は９月ごろ赤ちゃんが生まれる ＿＿＿＿＿ 聞いたけど、もう生まれたのかしら。

① ことか　② なんか　③ とか　④ まいか

14 危ない ＿＿＿＿＿ を助けていただき、本当にありがとうございました。

① のに　② こと　③ とき　④ ところ

15 ダイエット中だから、夜 8 時以降は食べる ＿＿＿＿＿ 果物ぐらいです。

① として　② としては　③ としても　④ としろ

16 秘密を守るなら、教えてあげない ＿＿＿＿＿ 。

① ことなしだ　② ところではない　③ ものもない　④ こともない

17 お金がなくて旅行 ＿＿＿＿＿ 、遊園地にも行けなかった。

① ところで　② ところが　③ どころか　④ ところに

18 母に電話をかけようと思っていた ＿＿＿＿＿ 、母から電話がかかってきた。

① ところで　② ところに　③ ところを　④ ところから

19 物価の上昇 ＿＿＿＿＿ ともに、人々の生活は苦しくなってきた。

① の　② と　③ に　④ を

20 日本語はまだ下手ですが、ゆっくり話してもらえば、理解できない ＿＿＿＿＿ です。

① ことだ　② ことはない　③ ことになる　④ こととなっている

21 彼は料理を ＿＿＿＿＿ どころか、洗い物もしない。夫として失格だ。

① 作る　② 作り　③ 作って　④ 作った

22 階段をおりようとしていた ＿＿＿＿＿ 後ろの人に押され、ころんでけがをしてしまった。

① どころか　② ところを　③ ものを　④ ときを

23 時代 ＿＿＿＿＿ 、人々の考えも変わっていく。

① において　② にとって　③ とともに　④ にわたって

24 お酒は好きではないが、すすめられれば ＿＿＿＿＿ こともない。

① 飲む　② 飲まない　③ 飲んだ　④ 飲める

25 登山に行くというのに、食べ物 ＿＿＿＿＿ 水も持たずに出かけた。

① どころか　② どころに　③ どころも　④ どころが

26 景気が回復する ＿＿＿＿＿ 今秋ぐらいからだろう。

① と言ったら　② としたら　③ というより　④ ときたら

27 このプロジェクトは困難である ＿＿＿＿＿ 、費用もかかる。

① にあたって　② にわたって　③ にとって　④とともに

28 彼はわからないことがあるとすぐ ＿＿＿＿＿ ではいられない性格だ。

① 確かめる　② 確かめない　③ 確かめた　④ 確かめて

29 両親は息子が落ち着いて勉強することができるように、勉強部屋を新築したのに、当の本人は勉強する ＿＿＿＿ 、毎日友達を呼んで騒いでいる。

① けれども　② どころか　③ あまり　④ ことはない

30 「ねえ、一緒にハワイへ行かない？」「いいけど、休みが ＿＿＿＿ 7月かなあ。それでもいい？」

① 取れると　② 取れたら　③ 取れるとすれば　④ 取れてからは

31 彼女は社内恋愛だったので、結婚する ＿＿＿＿ 、会社をやめた。

① とともに　② に対して　③ において　④ にとって

32 あの人はお酒を飲まないでは ＿＿＿＿ そうだ。アルコール中毒なのだろうか。

① ない　② たまらない　③ いられない　④ おかない

33 仕事に追われて、デート ＿＿＿＿ 。

① どころだ　② どころではない　③ ところだ　④ ところではない

34 今度引っ越す ＿＿＿＿ 、住宅街がいいなあ。今のアパートがあるあたりは駅前の繁華街(はんかがい)でうるさいから。

① としたら　② といったら　③ ときたら　④ とみたら

35 「この時計、修理するのにどのくらいかかりますか。」「分解して ＿＿＿＿ ことには、わかりませんね。」

① みる　② みない　③ みて　④ みた

36 ダイエットしたいのに、ケーキを見ると、食べ ＿＿＿＿ いられない。

① ては　② ないでは　③ ると　④ ないは

37 明日から夏休みが始まるとあって小学生たちは勉強 ＿＿＿＿ ではないようで、朝からはしゃいでいる。

① ばかり　② どころ　③ とか　④ だけ

38 今マンションを ＿＿＿＿ としたら、2000万円ぐらいのものしか買えないなあ。

① 買えない　② 買え　③ 買う　④ 買わない

39 けんかの原因は何か、両方の話を聞いてみない ＿＿＿＿ には学校としても処分は決められない。

① もの　② ところ　③ こと　④ の

40 上の階の子どもがたてる騒音には腹が立つ。今日こそは、文句を言わない ＿＿＿＿ いられない。

① へは　② には　③ とは　④ では

10課（91～100）解説と例文

91 AながらB

意味 AなのにB。AだがB。（逆接）

例文
・田中君は若いながら自立心に富む感心な子だ。
・残念ながら、明日のパーティーには欠席します。
・彼は外国人ながら、日本の古典文学については、日本人以上によく知っている。
・彼女は知っていながら教えてくれなかった。
・その公園は都心にありながら自然のままの緑におおわれている。

✎2級－66「Aつつ/つつもB」の②、1級－55「AながらもB」と類似。

92 Aなど/なんか/なんて

意味 ①謙遜（けんそん）を表す。　②具体的な例をあげて程度を表す。　③軽視、軽蔑（けいべつ）を表す。

例文
・「日本語おじょうずですね。」「いいえ、私なんか、まだまだ勉強が足りません。」→①
・あなたのやっているような仕事は、私たちなどにはとてもできません。　→①
・彼は社長などには、なれない。　→②
・政治家なんて信じられない。選挙が終われば選挙民のことなど忘れてしまう。　→③
・あんな無礼（ぶれい）な奴なんか、絶交だ！　→③

93 Aにあたって/にあたり

意味 Aする/の機会に。

例文
・日本へ留学するにあたって、友達が、歓送会を開いてくれた。
・「ご卒業にあたり、一言お祝いの言葉を、述べさせていただきます。」
・結婚にあたり、新しいマンションに引っ越すことにした。
・就職するにあたり、スーツを新調する。
・帰国するにあたって、友人たちに挨拶をしてまわった。

✎2級－105「Aに際して/際し/際しての」と類似。

94 Aにおいて/においては/においても/における

意味 A（という場所、領域、点、時）で。

例文
・全国高校野球大会は甲子園球場において行われる。
・日本においては、20歳未満の飲酒は法律で禁じられている。
・その商品は機能だけではなく品質においても優れている。
・芸術祭の油絵部門における最優秀賞は、A氏に決定しました。
・イタリアの家具はデザインだけでなく機能においても優れている。

95 Aに応じて/応じ/応じた

意味 Aに合わせて/合った。

例文
・カラオケルームは、人数に応(おう)じて部屋が選べます。
・ご予算に応じたパーティーを企画いたします。
・年齢に応じた運動をすることが、大切です。
・この薬品は温度に応じて、色が変わる。
・能力に応じ、クラスを3つに分ける。

✎2級－113「Aに沿って/沿い/沿う/沿った」の①と類似。

96 (1) Aにかかわらず/にかかわりなく/にはかかわりなく (2) Aにもかかわらず

意味 (1) Aには関係なく。 (2) Aなのに（逆接）。

例文
・この学校は国籍にかかわらず、誰でも入学することができる。 →(1)
・この国家試験は年齢にかかわりなく受験できる。 →(1)
・屋内コートは天気にかかわりなくいつでもテニスができます。 →(1)
・本日は雨にもかかわらず、ご来店いただき誠にありがとうございます。 →(2)
・彼は夜遅くまで仕事をしているにもかかわらず、毎朝一番早く出社する。 →(2)

✎(1)は、2級－166「Aを問わず/は問わず」と類似。

97 (1) Aに限って/に限り　(2) Aに限らずB（も）

意味 (1) Aだけ。 (2) AだけではなくBも。

例文
- ・この道路は通学時間帯に限り通行止めになります。 →(1)
- ・このレストランでは盲導犬に限って、動物の入店が認められています。 →(1)
- ・就職難の今、女性に限らず男性の就職も難しい。 →(2)
- ・野球に限らず、スポーツならなんでも得意だ。 →(2)

98 (1) Aにかけては　(2) Aにかけても

意味 (1) Aに関しては（自信がある）。 (2) A（名誉、神、命など）に誓って/賭けて。

例文
- ・ピアノをひくことにかけては、彼女の右に出る者はいない。 →(1)
- ・母は息子を愛することにかけては誰にも負けない。 →(1)
- ・料理にかけては自信があります。 →(1)
- ・チームの名誉にかけても今度の試合は絶対負けられません。 →(2)
- ・大統領は国家の威信にかけてもテロ行為を排除すると宣言した。 →(2)

99 Aにかわって/にかわり

意味 Aの代理で。

例文
- ・出張中の社長にかわって、副社長が会議に出席した。
- ・母が風邪をひいたので、母にかわり父が晩ご飯を作ってくれた。
- ・病気の夫にかわって、妻が書類に署名した。
- ・田中先生が休みなので、田中先生にかわり山本先生が授業をした。
- ・入院した大統領にかわって、外務大臣が来日した。

✎2級－30「AかわりにB」と類似。

100 Aに関して/に関しては/に関しても/に関する

意味 Aに関係する/Aについての。(関係ある事柄や内容を示す)

例文
- ・事件に関して、文部大臣は見解を発表しました。
- ・エジプト研究に関しては、彼の右に出る者はいない。
- ・彼は経済だけではなく、法律に関してもくわしい。
- ・国際関係に関することは、小林先生に聞くのが一番だ。
- ・彼のコンピューターに関する知識はすごい。

✎2級－116 (1)「Aについて/につき/については/についても/についての」と類似。

▼▼ 練習 ▼▼

次の文の ＿＿＿＿ にはどんな言葉を入れたらよいか。①、②、③、④から最も適当なものを１つ選びなさい。

1 子ども ＿＿＿＿ 彼は、大学生と同じくらいの学力を持っていると言われている。

① のに　② ながら　③ けど　④ しかし

2 新入社員歓迎会 ＿＿＿＿ 、1年先輩の社員のひとりがスピーチをした。

① によって　② にわたって　③ に沿って　④ にあたり

3 この仕事は年齢や経験 ＿＿＿＿ 、誰でもできます。

① にかわり　② にかかって　③ にもかかわらず　④ にはかかわりなく

4 ハムレットを演じること ＿＿＿＿ 、彼の右に出る者はいない。

① にかけては　② にしては　③ にとっては　④ によっては

5 若いときは、悪いことだとわかってい ＿＿＿＿ 暴走行為を繰り返していました。

① ながら　② のに　③ ので　④ けれど

6 会社をやめる ＿＿＿＿ 、やりかけの仕事を田中さんに引きついでもらった。

① にあたって　② にとって　③ に沿って　④ にかわって

7 事故で片腕を失った ＿＿＿＿ 、彼は野球をやめなかった。

① にかかわって　② にかかって　③ にもかかわらず　④ にはかかわりなく

8 走ること ＿＿＿＿ 、校内一だと思っている。

① にかけては　② にとっては　③ によっては　④ に応じては

9 最近の若者は日本人であり ＿＿＿＿ 、間違った日本語を平気で使っている。

① でも　② ながら　③ だが　④ けど

10 アジア ＿＿＿＿ 経済発展は、めざましいものがある。

① にあたって　② にいる　③ にある　④ における

11 最近は学歴 ＿＿＿＿ 実力次第で出世できる企業も増えている。

① にはかかわりなく　② に基づいて　③ にしたがって　④ に伴って

12 骨折した田中選手 ＿＿＿＿ 斎藤選手が出場し、見事に優勝した。

① において　② にかんして　③ にかわり　④ に際し

13 母親にしかられて子どもはいやいや ＿＿＿＿ 塾に出かけた。

① して　② で　③ から　④ ながら

14 1996年のオリンピックはアトランタ ＿＿＿＿ おいて行われた。

① で　② に　③ を　④ へ

15 農業の技術の進歩に伴い、季節 ＿＿＿＿ かかわりなくほとんどの野菜が一年中食べられるようになった。

① を　② で　③ に　④ が

16 父が急用で出席できませんので、父 ＿＿＿＿ かわりに私が出席させていただきます。

① は　② の　③ を　④ に

17 世界の最高峰エベレストに比べたら、富士山 ＿＿＿＿ 問題にならない。

① より　② ほど　③ など　④ から

18 江戸時代 ＿＿＿＿ 、士農工商という身分制度があった。

① については　② にとっては　③ においては　④ によっては

19 本日は12歳以下に ＿＿＿＿ 、入場料は無料になっています。

① しか　② だけ　③ のみ　④ 限り

20 この地方では、米に ＿＿＿＿ 野菜を作る農家が増えている。

① わたって　② おいて　③ ともに　④ かわり

21 都内の一戸建て住宅 ＿＿＿＿ 、庶民(しょみん)には買えません。

① やら　② ほど　③ くせに　④ なんて

22 語学学習 ＿＿＿＿ 留学の利点は大きい。

① における　② に関する　③ について　④ に応じる

23 この大学は日本人に ＿＿＿＿ 、世界各国からの留学生を受け入れています。

① 限り　② 限らず　③ 限って　④ 限る

24 担当の者が出かけておりますので ＿＿＿＿ 私がご説明申しあげます。

① あたって　② かわって　③ 比べて　④ 限って

25 テレビ ＿＿＿＿ 見ていたら、明日の試験にいい成績は取れませんよ。

① なんか　② ものか　③ ことか　④ まいか

26 当旅行社は、お客様のご予算 ＿＿＿＿ 宿泊先をご紹介しております。

① からの　② についた　③ に対した　④ に応じた

27 私が聞いた ＿＿＿＿ では、彼女はまだ進学するかどうか決めていない。

① 限り　② ばかり　③ ほど　④ こと

28 最近はペットブームで、ペットに ＿＿＿＿ テレビ番組が増えている。

① かける　② 関する　③ 沿った　④ つれた

29 大切なのは、心だ。お金 ＿＿＿＿ いくらあっても幸せにはなれない。

① かけて　② からといって　③ なんて　④ といって

30 10代のころは、ロックが好きでしたが、今はうるさいだけです。年齢 ________ 、音楽の好みも変わってきました。

① について ② にかわり ③ に応じて ④ に沿って

31 新装開店のため本日 ________ 全品半額です。

① について ② にとって ③ に対して ④ に限り

32 政府は今後の経済の見通しに ________ 、学者たちの意見を聞いた。

① おいて ② 比べて ③ かわって ④ 関して

33 定年退職する ________ あたって、あらためて、同僚や家族に感謝の気持ちがわいてきた。

① で ② を ③ に ④ と

34 話し相手 ________ 、目上の人には丁寧な言葉、親しい友達には親しさを表す言葉を使います。

① に応じて ② に応じた ③ にかえて ④ にかわって

35 技術はまだ未熟（みじゅく）ですが、熱心さ ________ 、誰にも負けません。

① にしては ② にとっては ③ によっては ④ にかけては

36 彼は科学者だが、平和運動 ________ 、強い関心を持っている。

① に関しても ② にとっても ③ に基づいても ④ に応じても

37 新婚旅行で海外に出かける ________ 、パスポートの有効期限を確認した。

① あげくに ② にあたって ③ からといって ④ において

38 住まいは、その地方の気候 ________ 特色があります。

① とともに ② に対する ③ にとっての ④ に応じた

39 チャーハンを作ること ________ 、彼の右に出る者はいない。

① により ② にとっては ③ にかけては ④ にしては

40 主人は家では、仕事 ________ 関する話は一切しない。

① で ② が ③ に ④ を

11課（101～110）解説と例文

101 Aにきまっている

意味 きっとAだ。(確実性が高い予想を述べる)

例文
・あんなに一生懸命勉強したのだから、合格するにきまっている。
・楽にダイエットできる薬があったら、女性はみんなほしがるにきまっています。
・外から入った様子がないから、犯人は家の中にいたにきまっている。
・日本の警察の検挙率は高い。犯人はすぐに逮捕されるにきまっている。
・相手がプロの選手なら負けるにきまっています。

✎2級－112「Aに相違ない」、2級－115「Aに違いない」、1級－32「Aでなくてなん（何）だろう」と類似。

102 Aに比べて/比べ

意味 Aに比較して。

例文
・昨年に比(くら)べ、今年の夏は天候が不順で作物の生育が遅れている。
・兄は弟に比べて勉強はよくできたが、スポーツはだめだった。
・和食は洋食に比べて、あっさりしている。
・今は昔に比べ、生活が便利になった。
・電話は手紙に比べ、速く情報を伝えることができる。

103 Aに加えて/加え

意味 Aのうえ、さらに。

例文
・道路がせまいことに加えて、車の増加もあって、交通事故は増える一方です。
・希望の大学に合格したことに加え、奨学金ももらえることになり、喜んでいる。
・その原稿は、字がきたないことに加え、誤字も多く、読むのに苦労した。

✎2級－6「Aうえ/うえにB」と類似。

104 Aに こたえて/こたえ/こたえる

意味 A（期待や願望）のとおりにする。

例文 ・大勢の観客の拍手にこたえて、彼女はアンコール曲を5曲も歌った。
・都知事は都民の期待にこたえる都政を実現すると約束した。
・ファンの期待にこたえて、野茂は大リーグで大活躍している。
・その政治家は選挙民の期待にこたえ、公約を守った。
・息子は両親の期待にこたえて、見事大学に合格した。

105 Aに 際して/際し/際しての

意味 Aのときに/Aの機会に。

例文 ・卒業に際（さい）して、お世話になった方々に、お礼の言葉を述べた。
・面接試験を受けるに際しての注意。
・就職に際し、先輩から助言を受けた。
・引っ越しに際して、転居のお知らせの葉書を知人に出した。

✎2級－93「Aにあたって/にあたり」と類似。

106 Aに 先立って/先立ち/先立つ

意味 Aの前に/Aの前の。

例文 ・オリンピックへの出発に先立（さきだ）って選手たちの激励会が行われた。
・披露宴（ひろうえん）に先立って、2人は神社でおごそかな結婚式をあげた。
・運動会の役員は競技に先立つ準備のため2時間前に集合することになった。
・試合に先立ち始球式が行われる。

107 Aに したがって/したがい

意味 Aにつれて/Aとともに。

例文 ・日本語を勉強するにしたがって、日本の文化にも関心を持ちはじめた。
・日本での暮らしになれるにしたがって、友達も増えた。
・初級から中級へと進むにしたがって、難しくなった。
・年をとるにしたがい、目が悪くなる。

✎2級－118「Aにつれて/につれB」、2級－120「Aに伴って/に伴い/に伴うB」と類似。

108 Aに したら/すれば/しても

意味 A（人）の側から見れば/見ても。

例文
- 他人の私にしても、その父親の気持ちは理解できる。
- 体罰（たいばつ）は悪いが、先生にすれば、子どもへの愛情からたたいたのかもしれない。
- 親にしたら、息子が宇宙飛行士として活躍しているのはうれしいことだろう。

109 AにしてはB

意味 Aなのに、B（Aから当然予想されることとは違ってB）。

例文
- この試験問題は中学1年生を対象としたものにしては、難しい。
- 彼はバスケットボールの選手にしては、背が低い。
- 大学生にしては、子どもっぽい。
- この家は50年たっているにしてはどこも、いたんでいない。

✎2級－34「Aくせに/くせしてB」、2級－159「Aわりに/わりにはB」と類似。

110 (1) Aにしろ/にせよ/にもせよB　(2) AにしろBにしろ

意味 (1) たとえAでもB。　(2) AもBも。

例文
- 子どもがしたことにせよ、親の責任はまぬかれない。　→(1)
- 景気が悪いにもせよ、女子大生の就職難はあまりにもひどい。　→(1)
- 勉強しなかったにしろ、0点とはひどすぎる。　→(1)
- ホテル代にしろ交通費にしろ、日本国内の旅行は海外旅行に比べて高くつく。　→(2)
- 行くにしろ行かないにしろ、早めに連絡しておいたほうがよい。　→(2)

✎(1)のBは否定的な判断を述べる。
✎(2)は1級－37「AといいBといい」と類似。

▼▼ 練習 ▼▼

次の文の ＿＿＿＿ にはどんな言葉を入れたらよいか。①、②、③、④から最も適当なものを１つ選びなさい。

1 彼は一流の料理人だ。彼が作った料理ならおいしい ＿＿＿＿ 。
　① にわかっている　② にきまった　③ にきまっている　④ に違っている

2 彼は、今住んでいる家 ＿＿＿＿ 、マンションも持っていて人に貸している。
　① に対し　② にとって　③ に際し　④ に加え

3 テレビ出演 ＿＿＿＿ テレビ局のスタッフと打ち合わせをした。
　① に対し　② とって　③ に先に　④ に先立ち

4 友達は驚いているが、私 ＿＿＿＿ 、彼と結婚することになろうとは思ってもいなかった。
　① にしては　② にして　③ にしても　④ にすれば

5 夜も寝ないで勉強したのだから、合格する ＿＿＿＿ 。
　① にきめている　② にきまっている　③ にきまる　④ にきまった

6 その子は絵の才能 ＿＿＿＿ 、音楽の才能も豊かである。
　① に先立ち　② に際し　③ に対し　④ に加え

7 海外旅行 ＿＿＿＿ 、旅行先の国のビザを取っておかなければならない。
　① に対し　② にとって　③ に先に　④ に先立ち

8 こんな仕事は、私 ＿＿＿＿ あまりやりたくはありません。
　① にして　② に沿っても　③ に対しては　④ としても

9 シートベルトをしないで運転したら危ない ＿＿＿＿ 。
　① にきめている　② にきまっていない　③ にきまっている　④ にきまってある

10 国会議員は選挙民の期待 ＿＿＿＿ 、地元（じもと）に駅を作ろうとがんばった。
　① にとって　② に先立ち　③ にこたえ　④ に加えて

11 インタビュー ＿＿＿＿ 打ち合わせで、質問する順番を決めておいた。
　① に沿う　② に対し　③ にして　④ に先立つ

12 この建物は、100年たっている ＿＿＿＿ 、どこもこわれていないし、きれいだ。
　① にしろ　② にしては　③ にして　④ にても

13 そんなに塩を入れたら、塩辛い ＿＿＿＿ 。
　① にわかっている　② にきまった　③ にきまっている　④ にきめてある

14 東京都は住民の要望 ＿＿＿＿ 、学校の施設を放課後都民に開放している。
　① にとって　② に先立って　③ にこたえて　④ にきわめて

15 公演 ＿＿＿＿＿ 、最後のリハーサルが行われた。

① について　② に先に　③ に先立ち　④ に沿い

16 彼は80歳 ＿＿＿＿＿ 、元気で若々しい。

① にしても　② にして　③ にしては　④ にすれば

17 猫は人に飼われていても、ひもでつながれていないので、犬 ＿＿＿＿＿ 自由である。

① にせよ　② に比べて　③ に先立ち　④ によって

18 子どもは親の期待に ＿＿＿＿＿ として、ストレスがたまっている。

① にあう　② しよう　③ こたえよう　④ 沿う

19 精神的に成長する ＿＿＿＿＿ 、人は美しくなる。

① に先立って　② に対して　③ に沿って　④ にしたがって

20 この料理は一流のコックが作った ＿＿＿＿＿ 、おいしくない。

① にしても　② にすれば　② にしてから　④ にしては

21 雨の日は、晴れた日 ＿＿＿＿＿ 、客の入りが悪い。

① にとって　② に先立って　③ に沿って　④ に比べて

22 ファンのアンコールの声 ＿＿＿＿＿ 、歌手は再びステージに登場した。

① にとって　② にこたえ　③ に沿い　④ に加えて

23 年月がたつ ＿＿＿＿＿ 、記憶が薄れる。

① に先立って　② に加えて　③ にしたがって　④ に沿い

24 ここは都心 ＿＿＿＿＿ めずらしく緑が多い。

① にして　② にしても　③ にしては　④ にとっても

25 郊外は都心 ＿＿＿＿＿ 、空気もきれいで、住みやすい。

① にして　② に先立って　③ に比べて　④ にとって

26 アパートへの入居 ＿＿＿＿＿ 、契約書にサインした。

① に対して　② に際し　③ にとり　④ に加え

27 話が進む ＿＿＿＿＿ 、おもしろくなる。

① に加え　② に際し　③ にしたがって　④ 沿って

28 友達がやった ＿＿＿＿＿ 、一緒にいたのだからあなたにも責任がある。

① によっても　② に比べて　③ にすれば　④ にせよ

29 高い山は、平地 ＿＿＿＿＿ 、夏でも気温が低い。

① にせよ　② にしても　③ に比べ　④ にとって

30 自宅の立て替え工事 ＿＿＿＿＿ 、近所に挨拶に行った。

① にときに ② によって ③ に対し ④ に際し

31 上流へさかのぼる ＿＿＿＿＿ 、川幅はせまくなっていった。

① によって ② に沿って ③ にせよ ④ にしたがって

32 卒業式に出席するにしろ ＿＿＿＿＿ 、事前に連絡はしてください。

① したにしろ ② しなかったにしろ ③ しないにしろ ④ しないしろ

33 医者になるには、大学の医学部を卒業すること ＿＿＿＿＿ 、医師国家試験にも合格しなければならない。

① によって ② に比べ ③ にしたがって ④ に加え

34 入学試験を受ける ＿＿＿＿＿ 、注意すべきことを先輩に助言してもらった。

① に際し ② にしたがい ③ に対し ④ にとり

35 母親 ＿＿＿＿＿ 、娘の家出は相当のショックだったに違いない。

① に対して ② にしたら ③ にして ④ によって

36 海へ行く ＿＿＿＿＿ 山へ行く ＿＿＿＿＿ 、行くなら、観光客の少ない静かなところがいいね。

① し/し ② しろ/しろ ③ にしろ/にしろ ④ と/と

37 彼は車の運転免許 ＿＿＿＿＿ 、飛行機の操縦免許も取得した。

① に比べ ② にしたがい ③ によりも ④ に加え

38 車を購入する ＿＿＿＿＿ 、保険に加入しなければならない。

① によっては ② に際しては ③ にしたがっては ④ に比べては

39 大学当局 ＿＿＿＿＿ 、この学部にこんなに大勢志願者があるとは想像もしなかっただろう。

① に比べれば ② に沿えば ③ によれば ④ にすれば

40 部下がしたこと ＿＿＿＿＿ 責任は部長にもある。

① すれば ② にすれば ③ にせよ ④ せよ

12課（111〜120）解説と例文

111 Aにすぎない

意味 A 以上のものではない。ただ A しただけ。

例文
・これは私の個人的な意見にすぎません。
・今回明らかになった政治の不正は氷山の一角にすぎない。
・山田「ありがとうございます。」
田中「いいえ、私は、ただ当たり前のことをしたにすぎません。」（財布を拾って届けてくれた田中さんに山田さんがお礼を言っている）
・組織の歯車の１つにすぎない私に、何ができるというのですか。
・私が見ることができるのは、この広い世界のほんの一部にすぎない。

112 Aに相違ない

意味 かならず A である。A に間違いない。

例文
・部屋の電気がついているから、まだ起きているに相違（そうい）ない。
・李さんはいつ電話してもいない。冬休みだから国へ帰ったに相違ない。
・いつの時代にも戦争は多くの人々を苦しめるに相違ない。
・犬が玄関へとんで行った。父が帰ってきたに相違ない。

✎２級－101「A にきまっている」、２級－115「A に違いない」、１級－32「A でなくてなん（何）だろう」と類似。

113 A に 沿って/沿い/沿う/沿った

意味 ① A に合わせて。 ② A に並行して。

例文
・市民の要望に沿（そ）って、空き地を公園にした。 →①
・皆様のご希望に沿うように努力します。 →①
・都市計画に沿った、建築計画を立てる。 →①
・線路に沿い、広い道があります。そこをまっすぐ行ってください。 →②

✎①は、２級－95「A に応じて/応じ/応じた」と類似。

114 A に 対して/対し/対しては/対しても/対する

意味 ① A (人) に応対する/接する場合。 ② A について/に関して。 ③ A と反対に (対比する)。

例文
・目上の人に対(たい)しては敬語を使わなければならない。 →①
・あの先生はどんな学生に対しても熱心に指導してくださる。 →①
・ただいまの報告に対して何かご質問はございませんか。 →②
・都会には人が集まってくる。これに対して、田舎は人が減っている。 →③
・弟が社交的であるのに対して、兄はどちらかというと内向的な性格だ。 →③

115 A に違いない

意味 かならず A である/ A に間違いない。

例文
・2時間もかけて作った料理だからおいしいに違(ちが)いない。
・背が高い田中さんの娘さんだから背が高いに違いない。
・今夜はすごく寒い。今降っている雨も雪にかわるに違いない。
・来月田中さんは会社をやめるそうだ。いよいよ結婚するに違いない。
・一度も欠席をしたことがない彼が今日まだ学校に来ていない。何かあったに違いない。

✎ 2級－101「A にきまっている」、2級－112「A に相違ない」、1級－32「A でなくてなん(何) だろう」と類似。

116 (1) A について/につき/については/についても/についての (2) A につき

意味 (1) A に関して。 (2) A という理由で。

例文
・その件につき質問いたします。 →(1)
・ジョンさんは日本語がじょうずなうえ、日本の古典文学についてもくわしい。 →(1)
・ダイエットについての本がよく売れている。 →(1)
・会議中につき入室厳禁！ →(2)
・本日は定休日につき休ませていただきます。 →(2)

✎ (1)は、2級－100「A に関して/に関しては/に関しても/に関する」と類似。

117 (1) A につけ/につけては/につけても (2) A につけ B につけ

意味 (1) A に関連して/させて。 (2) A でも B でも。

例文
・犯人のふてぶてしい態度を見るにつけ、ますます腹が立ってきた。 →(1)
・あの人は何かにつけいやみを言う。 →(1)
・寒いにつけ、暑いにつけ、人間はわがままを言う。 →(2)

・楽しいにつけ、苦しいにつけ、昔がなつかしい。　→(2)
・よきにつけ、悪(あ)しきにつけ、もうその計画は実行に移されているのだから、成り行きに注目するほかない。（よき＝よい、悪しき＝悪い：古語）　→(2)

✎(2) の A と B には反対の意味の「形容詞」が入る。

118 A につれて/につれ B

意味 A の変化とともに、B も変化する。

例文
・円高が進むにつれ、留学生の生活は苦しくなる。
・経済が発展するにつれて、公害問題も起きてくる。
・年をとるにつれて、物忘れがひどくなる。
・山の頂上に近づくにつれて、空気が薄くなってきた。
・日が暮れるにつれ、寒くなってきた。

✎2 級－107「A にしたがって/したがい」、2 級－120「 A に伴って/に伴い/に伴う B 」と類似。

119 A にとって/にとっては/にとっても/にとっての

意味 A の立場からみて。

例文
・学生にとって一番大切なことは勉強だ。
・円高は、留学生にとって、大きな問題だ。
・ハブにとっての天敵(てんてき)はマングースだ。
・彼は会社にとってなくてはならない人材だ。
・大人にとっては、どうでもいいことでも、子どもにとっては大きな問題だ。

✎A は人またはそれに類するもの。

120 A に伴って/に伴い/に伴う B

意味 A の変化とともに、B の変化も起きる。

例文
・過疎化に伴(ともな)い、廃校(はいこう)になる小学校が増えている。
・経済の発展に伴い、公害問題が起きている。
・円高に伴う貿易黒字。
・時代の変化に伴い、人々のライフスタイルも変わってきている。
・不況が長びくに伴い、失業者が増えている。

✎2 級－107「A にしたがって/したがい」、2 級－118「 A につれて/につれ B 」と類似。

▼▼ 練習 ▼▼

次の文の ＿＿＿＿ にはどんな言葉を入れたらよいか。①、②、③、④から最も適当なものを１つ選びなさい。

1 大きな組織の一員 ＿＿＿＿ 私ですが、自分らしさは失いたくないと思います。
① にとっての　② に対する　③ にすぎない　④ についての

2 お客様のご要望 ＿＿＿＿ よう、社員一同努力しております。
① に対する　② にあえる　③ に伴う　④ に沿える

3 私が大学をやめること ＿＿＿＿ 両親は反対しなかった。
① について　② につれて　③ にしたがって　④ に比べ

4 年をとる ＿＿＿＿ 、髪が薄くなってきたようだ。
① に対して　② につれ　③ により　④ に沿い

5 広く見えるこの地球も太陽から見れば、１つの衛星 ＿＿＿＿ 。
① による　② にきまっている　③ にすぎない　④ に伴う

6 ガイドライン ＿＿＿＿ 実施されているので、問題ないと思います。
① に対して　② にとって　③ に沿って　④ につれて

7 この本は日本語の文法 ＿＿＿＿ わかりやすく説明してある。
① によって　② について　③ に対して　④ にとって

8 いやなことも時間がたつ ＿＿＿＿ 忘れていくものだ。
① につれ　② に沿い　③ によって　④ にして

9 万能といわれるコンピューターも人間の作り出した道具の１つ ＿＿＿＿ 。
① となる　② にすぎる　③ にすぎない　④ にきまっている

10 授業中私語をするのは、先生 ＿＿＿＿ 失礼です。
① にとって　② につれて　③ に対して　④ にしたがって

11 準備中 ＿＿＿＿ しばらくお待ちください。
① にして　② に対して　③ にも　④ につき

12 現代の高校生 ＿＿＿＿ ポケベルは生活必需品となっている。
① にとって　② に対して　③ にすぎない　④ によって

13 そのプロジェクトは、まだ計画段階 ＿＿＿＿ 。実行するかどうかは検討中だ。
① にきまっている　② にすぎない　③ にすぎる　④ による

14 店員はお客 ＿＿＿＿ 、丁寧な言葉を使います。
① にとって　② によって　③ に対して　④ に比べ

15 絶対安静 ＿＿＿＿＿ 面会謝絶。

① につき　② につれ　③ にきわめ　④ について

16 祖父母 ＿＿＿＿＿ 、孫は目の中に入れても痛くないほどかわいい。

① に対しては　② によっては　③ にとっては　④ については

17 鍵は、あの財布を出したとき、落とした ＿＿＿＿＿ 。

① にすぎない　② にわかる　③ に相違ない　④ にきまる

18 洋服は活動的である。それ ＿＿＿＿＿ 、着物は動きにくい。

① にとって　② によって　③ につき　④ に対して

19 嬉しいに ＿＿＿＿＿ 、悲しいに ＿＿＿＿＿ 、彼は酒を飲む。

① つれ/つれ　② つき/つき　③ つけ/つけ　④ より/より

20 この本の言語表現は日本人 ＿＿＿＿＿ 難しいのだから、外国人にはなかなか理解できないと思う。

① にとっては　② にとっても　③ に対しては　④ 対しても

21 このバッグは、田中さんの ＿＿＿＿＿ 。前に持っているのを見たことがある。

① に相違ない　② そうだ　③ にかわりない　④ に違う

22 ある高校では、制服 ＿＿＿＿＿ 反発が強い。

① にとって　② によって　③ に対する　④ にかける

23 田舎の風景をテレビで見る ＿＿＿＿＿ 、故郷が思い出される。

① にとり　② により　③ について　④ につけ

24 環境問題は国民ひとりひとり ＿＿＿＿＿ 大きな問題だ。

① にとっても　② によっても　③ に対するも　④ に沿っても

25 電気が消えているから、もう寝てしまった ＿＿＿＿＿ 。

① にわかっている　② に相違ある　③ に相違ない　④ に違う

26 彼女の英語の発音は英国人のようだ。彼女は英国に住んでいたことがある ＿＿＿＿＿ 。

① に違いない　② にすぎない　③ によっている　④ にわかっている

27 都会の騒音を聞く ＿＿＿＿＿ 、故郷の静かさがなつかしい。

① にとっても　② につけても　③ によっても　④ につれても

28 高齢化 ＿＿＿＿＿ 社会福祉の充実が課題となってきている。

① について　② につけ　③ に伴い　④ にかかわり

29 犯人は窓から入った ＿＿＿＿＿ 。窓の下に、足跡が残っている。

① にすぎない　② に相違ない　③ に違う　④ にきまった

30 彼は私と目を合わせようとしない。彼はうそをついている ________ 。

① にすぎない　② にわかる　③ に違いない　④ そうだ

31 ピアノの音を聞く ________ 、音楽家になることを夢見ていた若いころを思い出す。

① につれ　② について　③ に対し　④ につけ

32 円高 ________ 、海外旅行に出かける人が増えた。

① にともに　② によれば　③ に伴って　④ にかわって

33 カリキュラム ________ 、授業は進められる。

① に沿って　② にとって　③ に対して　④ に加えて

34 彼女は昨日夜遅くまで起きていた ________ 。とても眠そうだ。

① に違う　② にそうない　③ に違いない　④ にすぎない

35 一生懸命勉強する ________ 日本語がおもしろくなってきた。

① によって　② に対して　③ について　④ につれて

36 不況 ________ 、ホームレスの人が増えたそうだ。

① につき　② につけて　③ に伴って　④ に対して

37 川 ________ 、工場が立ち並んでいる。

① によって　② に近くて　③ にこえて　④ に沿って

38 早寝早起き(はやねはやお)きの A 子さんのことだから、この時間にはもう寝ている ________ 。

① にすぎない　② にきわまる　③ に違いない　④ にそうだ

39 電車が北のほうに進む ________ 窓の外には田園風景が広がってきた。

① につき　② に対し　③ につけ　④ につれ

40 都市化 ________ 、交通渋滞などさまざまな問題が起きている。

① に対して　② に伴って　③ に比べて　④ につけて

13課（121～130）解説と例文

121 Aに反して/に反し/に反する/に反した

意味 ①A（予想など）と、違って/違う/違った。 ②A（規則など）に、違反して/違反し/違反する/違反した。 ③A（願望など）に対立して/対立し/対立する/対立した。

例文
- 予想に反(はん)して、大雨になってしまった。 →①
- 彼女は校則に**反して**、パーマをかけた。 →②
- 患者の意に**反する**医療行為が行われてはならない。 →③
- 国民の平和への願いに**反し**、軍事行動が再開された。 →③

122 Aにほかならない

意味 確かにAだ。A以外のものではない。(Aを強調)

例文
- このチームが優勝できたのは彼の活躍があったからに**ほかならない**。
- この国が経済発展をとげたのは、国民の努力ゆえに**ほかならない**。
- 私が合格できなかったのは、私の力が足りなかったからに**ほかならない**。

✎「からにほかならない」という形で、理由を強調するときによく使われる。

123 Aに基づいて/に基づき/に基づく/に基づいた

意味 Aに根拠、基盤がある/Aが基礎になっている。

例文
- 市場調査に**基づく**新商品の開発。
- これは事実に**基づいて**書かれた小説だ。
- 夫婦は平等だという考えに**基づいて**夫も積極的に子育てに参加している。
- 国連憲章に**基づき**設置された国連人権センターは、近年ますますその役割の重要性が増してきている。
- 経験に**基づいた**今回の判断は正しかった。

124 (1) A によって/により/による　(2) A によっては B (3) A によると/によれば

意味 (1) A が原因、理由、基準、手段になって。(A は受身文の行為者を表す場合もある)
(2) B がどうであるかは A で決まる。　(3) A は情報源。

例文
・敗戦はラジオ放送によって国民に知らされた。　→(1)
・映画はエジソンによって発明されたという説もあるが、実は、フランスのリュミエール兄弟による発明がその後の映画の原型となったといわれている。　→(1)
・収穫されたみかんは、大きさによって分けられ、市場に出荷される。　→(1)
・旅行のコースは季節によっては変更することもあります。　→(2)
・友達の話によるとあのレストランのカレーはおいしいらしい。　→(3)

125 A にわたって/にわたり/にわたる/にわたった

意味 ① A（時間）の間ずっと。　② A（空間）の範囲に及ぶ。

例文
・８時間にわたる大手術だった。　→①
・会議は３日間にわたった。　→①
・10年間にわたる戦争は両国に大きな被害を与えた。　→①
・エイズは全世界にわたって多くの死者を出している。　→②
・地震による被害は広範囲にわたった。　→②

126 A ぬきで/ぬきでは/ぬきに/ぬきには/ぬきの B

意味 A を除外(じょがい)して B。

例文
・今夜は慰労(いろう)パーティーなんだから仕事の話はぬきで楽しく飲もうよ。
・このチームの優勝は陳さんぬきには考えられない。
・仕事ぬきでは私の人生設計は描けない。
・私はコーヒーはミルク、砂糖ぬきで飲みます。ブラックが好きなんです。
・この問題は国民の感情ぬきには解決できない。

127 A ぬく

意味 ①最後まで A する。　②非常に A する。

例文
・マラソンは初めてだったが42.195キロを走りぬいた。　→①
・すごい量の翻訳仕事だったが、やりぬいた。　→①
・トーナメント方式というのは、全試合勝ちぬいたチームが優勝ということだ。　→①
・悩みぬいた末両親に相談することにした。　→②
・考えぬいた結果、彼との結婚を決めた。　→②

✎②は、2級−33「A きる/きれる/きれない」の③と類似。

128 A の末/の末に/た末/た末に/た末の

意味 A の 結果。

例文
・十分考えた末(すえ)、留学を決めた。
・4つの大学に合格した。迷った末、○○大学に入学することに決めた。
・この結論は、議論を重ねた末の決定ですから、もう変えられません。
・大恋愛の末に結婚した。
・寝る間も惜しむ努力の末に彼は世界でも有数の学者になった。

129 A のみならず

意味 A だけでなく。

例文
・友人のみならず先生もお見舞いに来てくれた。
・化粧品は最近では女性のみならず男性にもよく売れている。
・環境問題は日本のみならず世界の問題である。
・彼は頭がよいのみならず、勤勉でもある。

✎2級−132「A ばかりか/ばかりでなく B も」と類似。

130 A のもとで/のもとに

意味 ① A の影響が及ぶ範囲。　② A という名目で。

例文
・親の保護のもとで暮らしている。　→①
・田中先生のご指導のもとに論文を書き上げた。　→①
・来月返すという約束のもとに、彼にお金を貸した。　→①
・宗教の自由という法律のもとに、怪(あや)しげな宗教も守られている。　→②
・開発という名のもとで自然が次々と破壊されている。　→②

✎②は悪い意味でよく使われる。

▼▼ 練習 ▼▼

次の文の ＿＿＿＿ にはどんな言葉を入れたらよいか。①、②、③、④から最も適当なものを１つ選びなさい。

1 みんなの予想 ＿＿＿＿ 、A チームが勝った。

① が反して ② に反して ③ を反して ④ は反して

2 長年の研究 ＿＿＿＿ 基づいて、論文を書いた。

① を ② に ③ で ④ から

3 たまには子ども ＿＿＿＿ 主人と２人でフランス料理でも食べに行きたいものだ。

① どうしで ② だけで ③ ぬきで ④ ばかりで

4 激しい議論の応酬(おうしゅう) ＿＿＿＿ 、新しい法案が成立した。

① 末 ② とおり ③ の末 ④ のとおり

5 優勝すると思っていたが期待に ＿＿＿＿ 結果になってしまった。

① 即した ② 同じ ③ 反する ④ 逆の

6 裁判官は過去の判例 ＿＿＿＿ 、判決をくだした。

① のもとに ② に基づいて ③ について ④ に対して

7 私たちの結婚式なのに、私たち ＿＿＿＿ 親同士が結婚式場を決めた。

① だけで ② ぬきで ③ よそで ④ ぬけで

8 これはよく ＿＿＿＿ 結論ですから、簡単に変えることはできません。

① 考えた末 ② 考える末 ③ 考えた末の ④ 考える末の

9 実験の結果は予期 ＿＿＿＿ ものとなった。

① 反した ② の反した ③ が反した ④ に反した

10 昨夜の火事はストーブの消し忘れ ＿＿＿＿ ものだそうだ。

① による ② に対しての ③ にとっての ④ からの

11 音楽は私の生涯の友です。音楽 ＿＿＿＿ 私の人生は考えられません。

① だけでは ② しか ③ ぬきには ④ では

12 最近の果物は品種改良されていて、形 ＿＿＿＿ 味もよい。

① ばかりならず ② しかならず ③ ならず ④ のみならず

13 親の期待 ＿＿＿＿ 、子どもは進学しなかった。

① と反し ② を反し ③ が反し ④ に反し

14 太陽黒点はガリレオ ＿＿＿＿＿ 初めて望遠鏡で発見されたといわれるが、それ以前にも中国では肉眼で観察されていた。

① よって ② による ③ によって ④ がよって

15 オリーブオイル ＿＿＿＿＿ イタリア料理は考えられません。それほどオリーブオイルはイタリア料理にとってなくてはならないものです。

① つきには ② ばかりには ③ ほどには ④ ぬきには

16 あのレストランは味がいいのみならず、店も ＿＿＿＿＿ 、いつもにぎわっている。

① きれいなので ② きれいなのに ③ きたないので ④ きたないのに

17 計算を間違った原因は、コンピューターへの入力ミス ＿＿＿＿＿ 。

① とほかならない ② でほかならない ③ にほかならない ④ がほかならない

18 これは人間国宝の作家 ＿＿＿＿＿ 、作られたものです。

① で ② よって ③ より ④ によって

19 「ゆうべのサッカーの試合見た？」「見たよ。キーパーは最後までゴールを守り ＿＿＿＿＿ 。」

① ついたね ② ぬきだったね ③ ぬかなかったね ④ ぬいたね

20 あのアパートは駅から近くて便利である ＿＿＿＿＿ 、自然環境にも恵まれている。

① から ② のみで ③ のみなら ④ のみならず

21 国立大学に合格できたのはあなた自身が努力した ＿＿＿＿＿ ほかならない。

① ため ② からに ③ のでに ④ のにに

22 田中さん ＿＿＿＿＿ 、小林さんは来春結婚するそうだ。

① がいうと ② がよると ③ にいうと ④ によると

23 先日のニューヨークマラソンでは足に障害(しょうがい)を持つ女性が28時間かけて ＿＿＿＿＿ ぬき、話題になった。

① 走る ② 走って ③ 走り ④ 走った

24 たばこを吸うと、喫煙者本人 ＿＿＿＿＿ 、煙を吸い込む周囲の人にも肺癌(がん)が発生する危険が高まる。

① のことも ② のみと ③ のみならず ④ ばかりで

25 親が子どものしつけに厳しいのは子どもを愛しているから ＿＿＿＿＿ 。

① だけだ ② しかない ③ ばかりだ ④ にほかならない

26 入学試験は２日間 ＿＿＿＿＿ 行われた。

① わたり ② わたって ③ にわたって ④ にかけて

27 悩み ＿＿＿＿＿ あげく、会社をやめることにした。

① きった ② ぬいた ③ ぬった ④ ぬく

28 親 ＿＿＿＿＿ 暮らしているあいだは、親のありがたさはなかなかわからない。

① とともで　② ともとで　③ にもとで　④ のもとで

29 彼が自殺したのは、いじめられたから ＿＿＿＿＿ 。

① でほかならない　② にほかならない　③ とほかならない　④ がほかならない

30 1週間 ＿＿＿＿＿ 国際女性会議が開かれた。

① わたる　② わたった　③ わたって　④ にわたって

31 彼女とは幼なじみだから、お互いを知り ＿＿＿＿＿ いるよ。

① ぬいて　② きれて　③ とおして　④ ついて

32 彼はフランスで一番だといわれているシェフ ＿＿＿＿＿ 修業したから、彼の作るフランス料理は一流だ。

① にもとで　② をもとで　③ がもとで　④ のもとで

33 最新の理論 ＿＿＿＿＿ 、新しい治療法が試みられた。

① の基づいた　② から基づいた　③ に基づいた　④ を基づいた

34 大地震は神戸全域 ＿＿＿＿＿ 大きな被害をもたらした。

① かけて　② わたって　③ にかかって　④ にわたって

35 苦労を重ね ＿＿＿＿＿ 彼は偉大な業績を残した。

① る末に　② ている末に　③ た末に　④ 末に

36 その芸術家は、裕福な商人の庇護(ひご) ＿＿＿＿＿ 、すばらしい作品を次々と生んでいった。

① のうえで　② の末で　③ のもとで　④ のことで

37 彼は、自分の信念 ＿＿＿＿＿ ボランティア活動をしている。

① につき　② からの　③ とおり　④ に基づき

38 この図書館にある書物はあらゆる分野 ＿＿＿＿＿ 。

① にかかっている　② にひろげている　③ にわたっている　④ にかけている

39 入退院を繰り返した ＿＿＿＿＿ 、とうとう彼は亡くなった。

① とおり　② だけで　③ まま　④ 末

40 教育の名 ＿＿＿＿＿ 、子どもの人権が無視されるケースが増えている。

① から　② にとって　③ をもとに　④ のもとに

14課（131～140）解説と例文

131 AばAほど、B

意味 よくA（動詞）するにつれて、いっそうBの傾向が強まる。A（形容詞）の程度が増すにつれて、いっそうBの傾向が強まる。

例文
・彼女の話は聞けば聞くほど同情の念(ねん)がわいてくる。
・通勤時間を考えると家は会社に近ければ近いほどいいと思う。
・アイディアは多ければ多いほどよい。
・あやまるのは早ければ早いほどいい。
・古典といわれる作品には、読めば読むほどに新しい味わいがあります。

✎2級－140「AほどB」と類似。

132 Aばかりか/ばかりでなくB(も)

意味 AだけでなくBも。

例文
・彼女はピアノばかりかバイオリンもひける。
・ゴルフに行こうと思っていたのに、雨ばかりか風まで吹いてきた。
・彼はクラシックばかりでなくロックも聴く。
・チェルノブイリ原発事故では周辺地域ばかりでなく、全世界的な放射能汚染を引き起こした。
・彼は日本の医師免許ばかりか米国の医師免許も持っている。

✎2級－129「Aのみならず」と類似。

133 Aばかりに

意味 Aだけが理由・原因で、悪い結果になってしまった。

例文
・お酒が飲めると言ったばかりに、無理に飲まされて困った。
・彼女に秘密を話したばかりに、クラス中に知られてしまった。
・英語がうまく話せなかったばかりに、スチュワーデスになれなかった。
・スピードを出しすぎたばかりに、交通事故を起こしてしまった。

✎Aをしたことを、とても後悔しているときに使う。

134 Aはともかく/はともかくとしてB

意味 Aは考えに入れない、あるいは別に考えることにして、Bという判断をする。

例文
・パーティーに誰を招待するか**はともかくとして**、日時だけは先に決めてしまおう。
・ジョンさんの日本語は発音**はともかくとして**、文法的には完璧(かんぺき)だ。
・勝敗**はともかくとして**、今日の試合はおもしろかった。
・結果**はともかく**、一生懸命勉強したので悔いはない。
・冗談(じょうだん)**はともかくとして**、話の本題に入りませんか。

135 Aはもちろん/はもとよりBも

意味 Aは当然、Bも。

例文
・トムさんは英語**はもちろん**、日本語**も**じょうずに話せる。
・この子はまだ3歳なのに、ひらがな**はもちろん**カタカナ**も**読める。
・その遊園地は子ども**はもとより**大人**も**十分楽しめるように作られている。
・英国の家は広いの**はもちろん**、歴史を感じさせる古さ**も**魅力のひとつです。

136 A反面（半面）B

意味 Aである一方B。

例文
・父はふだんは穏(おだ)やかな**反面(はんめん)**、怒ると人一倍こわい。
・科学や技術が進歩した**反面**、新しい公害問題が出てきた。
・ペットはかわいい**反面**、世話がたいへんだ。
・この部屋は日当たりがいい**反面**、夏は非常に暑い。
・都会は便利な**反面**、自然が少ない。

✎AとBは対照的なことを表すことが多い。1つのことについて述べる場合のみ使う。
誤用例　×沖縄は暑い反面、北海道は寒い。

137 Aべき/べきだ/べきではない

意味 ① Aするはずの。（当然のなりゆき）　② Aしなければならない（義務）［否定形の「Aすべきではない」は、「Aしてはならない」という禁止の意味になる］。

例文
・その結果、驚く**べき**事実が判明した。　→①
・華やかだった宴も、一転、悲しむ**べき**事態となった。　→①
・信頼す**べき**友。　→①
・人には親切にす（る）**べきだ**。　→②
・警察にすぐ届ける**べきだった**。　→②
・難しいからといって、あきらめる**べきではない**。　→②の否定形

・計画はすでにかなりの部分が進んでいるのだから、いまさら中止すべきではない。
→②の否定形

✎「べき」の前の動詞の形は、Ⅰグループ　書く→書くべき
Ⅱグループ　食べる→食べるべき
Ⅲグループ　する→するべき、すべき
来る→来るべき

138 Aほかない/よりほかない/ほかはない/よりほかはない/ほかしかたがない

意味　A以外に、(方法は) ない。

例文
・終電に乗り遅れてしまった。タクシーで帰るほかない。
・お金が一銭もなくなってしまった。帰国するよりほかはない。
・こんなに熱があるのだから、学校を休むほかない。
・ストで電車もバスも止まっているので、歩いて行くよりほかしかたがない。
・また大学に落ちてしまった。もう1年勉強するほかない。

✎2級－51「Aしかない」と類似。

139 Aほどだ/ほど/ほどのB

意味　AぐらいB。Bの程度をAで比喩的に表す。

例文
・涙が出るほど痛かった。
・失恋して、お酒を死ぬほど飲んだ。
・木が倒れてしまうほどの突風(とっぷう)が吹いた。
・あの子は信じられないほど頭がいい。
・仕事が忙しくて目がまわるほどだ。

140 AほどB

意味　Aの傾向・程度が増すにつれて、いっそうBの傾向が強まる。

例文
・時間がある人ほど勉強しないようだ。
・若い人ほどよく寝る。
・バブルがはじける前は高いものほどよく売れた。
・夢は大きいほどいいと思う。

✎2級－131「AばAほど、B」と類似。

▼▼ 練習 ▼▼

次の文の ＿＿＿＿＿ にはどんな言葉を入れたらよいか。①、②、③、④から最も適当なものを１つ選びなさい。

1 食べれば食べる ＿＿＿＿＿ お腹が空いてしまう。そういう体質なのだろうか。

① まで ② から ③ ぐらい ④ ほど

2 傘を持っていなかった ＿＿＿＿＿ 全身びしょぬれになってしまった。

① わけで ② ほどに ③ ばかりに ④ くらいに

3 残業が廃止された。早く帰宅できる ＿＿＿＿＿ 、残業手当がなくなり収入が減る。

① ぐらい ② ばかりに ③ ほど ④ 反面

4 私は愛煙家だが、社内は禁煙だからがまんする ＿＿＿＿＿ 。

① ばかりだ ② ほどだ ③ に違いない ④ ほかない

5 「勉強しなさい」と母に言われれば言われる ＿＿＿＿＿ 、勉強したくなくなる。

① くらい ② ほど ③ につれ ④ から

6 彼は彼女との約束に30分遅れた ＿＿＿＿＿ 、ふられてしまった。

① のに ② だけに ③ ばかりに ④ のゆえに

7 人間は脳が発達している ＿＿＿＿＿ 、ほかの動物が持っている本能的な能力を失っている。

① ほど ② 反面 ③ そくめん ④ ほかに

8 台風で飛行機が欠航になってしまったのだから、旅行は延期する ＿＿＿＿＿ 。

① にほかならない ② ほかしかたがない ③ べきではない ④ ほどだ

9 反抗期の子どもは、これはやってはいけないと ＿＿＿＿＿ 言うほどやろうとする。

① 言うなら ② 言うと ③ 言えば ④ 言ったら

10 「わー、合格だ！ 友達は ＿＿＿＿＿ 、両親には今すぐ電話で知らせよう。」

① ともに ② ともかくに ③ ともかくとして ④ ともかくといって

11 自然は人間の生活を豊かにしてくれる ＿＿＿＿＿ 、人間に脅威（きょうい）を与えることもある。

① わりに ② 反面 ③ ほど ④ ので

12 できるだけのことはやったのに、よい結果が出ず、叫びたい ＿＿＿＿＿ 悔（くや）しかった。

① のも ② ほど ③ のほど ④ なら

13 収入が ＿＿＿＿＿ 少ないほど、エンゲル係数は高くなる。

① 多ければ ② 少なければ ③ 多くて ④ 少なくて

14 「ゴールデンウィークにどこかへ行かない？」「そうだね。電車で行くかどうか ＿＿＿＿＿ 、宿泊先の予約をしておこう。」

① として　② といえば　③ はともかく　④ にして

15 農業の技術が進歩し一年中さまざまな作物がとれるようになった ＿＿＿＿＿ 、季節感がなくなってきている。

① ともかく　② 反面　③ のに　④ ほどに

16 冬の北海道は息も凍る ＿＿＿＿＿ 寒い。

① のに　② ばかり　③ だけ　④ ほど

17 ジョンさんは１週間だけの日本滞在だったのに、京都 ＿＿＿＿＿ 札幌の雪祭りにも行ったそうだ。

① だけか　② ほかに　③ ばかりか　④ しか

18 結婚式に誰を招待するか ＿＿＿＿＿ 式場だけは予約しておいたほうがいいね。

① の反面　② するほど　③ について　④ はともかく

19 部下が残業しているのに、上司である自分が帰る ＿＿＿＿＿ 。

① ほどではない　② ところだ　③ べきではない　④ べきだ

20 外国でのひとり暮らしは、泣きたい ＿＿＿＿＿ さびしくなることがある。

① ので　② のに　③ だけに　④ ほど

21 この学校では日本語 ＿＿＿＿＿ 、日本事情や日本の文化も学ぶことができる。

① ばかりに　② でなく　③ ばかりでなく　④ ほかに

22 すべての語句を理解できた ＿＿＿＿＿ 、日本の文学作品を１冊読み終えた。

① からには　② かはともかく　③ のでは　④ かでは

23 あなたは学生なのだから遊ぶ前にやる ＿＿＿＿＿ ことがたくさんあるでしょう。

① なければ　② べきでない　③ べき　④ ほかない

24 霧が濃くて、１メートル先も見えない ＿＿＿＿＿ だった。

① ほど　② ばかりに　③ くらいに　④ ので

25 あのレストランは、味がいい ＿＿＿＿＿ サービスもいい。

① ほどでなく　② くらいでなく　③ ばかりでなく　④ ので

26 私の日本語学校はウィークデー ＿＿＿＿＿ 週末にも補習の授業がある。

① とともに　② はもちろん　③ から　④ でも

27 政治家は国民の声に耳を ＿＿＿＿＿ 。

① かたむけべきだ　② かたむけるべきだ　③かたむけたべきだ

④ かたむけてべきだ

28　日本語は勉強すればする ＿＿＿＿＿ 難しいと感じる。

① から　② くらい　③ ほど　④ なら

29　彼女は誰にでも親切な ＿＿＿＿＿ いつでも笑顔をたやさない。

① だけか　②だけで　③ ばかりか　④ ばかりで

30　私の大学は日曜 ＿＿＿＿＿ もとより、土曜日も授業がない。

① に　② と　③ を　④ は

31　会社は倒産するのだろうか。支払われる ＿＿＿＿＿ 給料を今月はまだ受け取っていない。

① なら　② べき　③ だけの　④ つもりの

32　先進国 ＿＿＿＿＿ 多くの問題をかかえている。

① ほど　② ほどに　③ くらい　④ くらいに

33　いつもと違う道を歩いた ＿＿＿＿＿ 、道に迷ってしまった。

① ばかりで　② ばかりに　③ ところを　④ ところに

34　陳さんは日本語を話すこと ＿＿＿＿＿ 日本語できちんとした文章を書くこともできる。

① はもう　② はもちろん　③ はともかく　④ ほど

35　遊んでばかりいて両親からの仕送りを止められてしまった。アルバイトをする ＿＿＿＿＿ 。

① ほかしかたがない　② ならしかたがない　③ ばかりだ　④ ものではない

36　能力がない人 ＿＿＿＿＿ 、人に自慢したがる。

① くらい　② ばかりに　③ ほどに　④ ほど

37　社長に直接自分の意見を言った ＿＿＿＿＿ 、部長ににらまれた。

① だけに　② ばかりに　③ のに　④ くらいに

38　対日非難・批判は、現在、経済 ＿＿＿＿＿ 政治、社会、文化にまで及び、日本の社会システムこそ問題にすべきだ、という意見も強まっている。

① ばかりに　② の反面　③ ばかりでなく　④ ほど

39　法務大臣の失言がマスコミで大きく報じられた。辞任する ＿＿＿＿＿ ないだろう。

① のほか　② よりのほか　③ よりほか　④ だけしかない

40　失敗を気にすればする ＿＿＿＿＿ 緊張して、よけいに失敗しやすくなる。

① くらい　② ばかりに　③ ほどの　④ ほど

15課（141～150）解説と例文

141 Aまい/まいか

意味 ①Aしないつもりだ/Aしないようにしよう（否定の意志）。
②Aしないだろう（否定の推量）。

例文
・風邪が治るまでは無理はすまい。　→①
・二度と親を悲しませまい。　→①
・こんなにいい天気なのだから、午後も雨は降るまい。　→②
・あれだけ先生に注意されたのだからもうAさんも遅刻はするまい。　→②
・彼は帰国したのではあるまい。（帰国したのではないだろう＝たぶん帰国していない）
→②（話し言葉では「あるまい」の部分が強く発音される）
・彼は帰国したのではあるまいか。（帰国したのではないだろうか＝たぶん帰国した）
→②の裏返し（話し言葉では「帰国した」の部分が強く発音される）
・動かない原因は、電池が消耗したためではあるまい。（たぶん消耗していない）
→②
・動かない原因は、電池が消耗したためではあるまいか。（たぶん消耗した）　→②の裏返し

✎「まい」の前の動詞の形は、Ⅰグループ　書く→書くまい
Ⅱグループ　売る→売れるまい、売れまい
Ⅲグループ　する→するまい、すまい、しまい
来る→来るまい、来(こ)まい

142 A向きだ/向きに/向きの

意味 Aに適している/A用

例文
・この登山コースは、上級者向(む)きだ。
・この本は初心者向きに書かれている。
・留学生向きの大学案内書が刊行された。
・あのファミリーレストランのカレーは子ども向きに作られている。

143 A向けだ/向けに/向けの

意味 Aのための/Aを対象にした。

例文
・アメリカではXマークがついている映画は成人**向けだ**そうです。
・高齢者**向けに**段差(だんさ)のない住宅が売り出されている。
・これはヨーロッパ**向けの**製品です。
・若者**向けの**車では、デザインが重視される。
・テレビゲームは子ども**向け**だけでなく大人**向けの**ものも、どんどん売り上げを伸ばしている。

144 Aも～すればBも～する/Aも～ならBも～

意味 AもBも両方とも、～。

例文
・彼女はお酒**も**飲め**ば**、たばこ**も**吸う。
・お金**も**あれ**ば**性格**も**いい。そんなすてきな人がいたらすぐにでも結婚する。
・彼女は好き嫌いが多い。肉**も**だめ**なら**魚**も**だめだそうだ。
・彼はお金がないのに、パチンコ**も**すれ**ば**、競馬**も**する。

145 Aもかまわず

意味 Aを気にしないで。

例文
・あの人は相手の都合**もかまわず**突然訪問する。
・アパートの上の階の人は階下の住人の迷惑**もかまわず**深夜洗濯をする。
・彼女は電話が好きだ。時間**もかまわず**かけてくる。昨夜は夜中の12時だった。
・何があったのだろうか。彼女は人目(ひとめ)**もかまわず**泣いている。

146 A(んだ)もの

意味 Aだから。(理由を説明・言いわけ)

例文
・「どうして泣いてるの?」「だって、お兄ちゃんがテレビゲームを貸してくれない**んだもの**。」
・「あんな、将来性のない男と結婚するの?」「だって、優しい**んだもの**。」
・「えー、言っちゃったの?」「ごめん。内緒(ないしょ)だってこと忘れちゃった**んだもの**。」
・「この問題難しい**んだもの**。わからないよ。」
・「ハワイへ行って、水着になる**んだもの**、もう少しやせなくちゃ。」

✎親しい人同士の会話で使われる。

147 AにはBものがある

意味 Aはとても Bだ。(Bを強調)

例文
・彼の才能にはすばらしいものがある。
・この古い街並みには人々を引きつけるものがある。
・最近の若者の言動には理解しがたいものがある。
・読書には人の心を豊かにしてくれるものがある。
・この小説の主人公の生き方には心を打たれるものがある。

148 Aものか

意味 絶対 Aしない。(拒否する固い決意。話し言葉的)

例文
・あんな非常識な人とはもうつきあうものか。
・ボーナスもくれない店でなんかもう働くものか。
・ジェットコースターに乗ったけどすごくこわかった。もう二度と乗るものか。
・あんないやな奴とはもう口をきくものか。
・まずいし、サービスは悪いし、値段は高いし……、あのレストランには二度と行くものか。

149 (1) Aものだ/ものではない (2) Aたいものだ (3) A［動詞(た形)］＋ものだ

意味 (1) Aだ/ Aではない。(一般論や当然の帰結を述べる)
(2) Aしたいなあ。(感慨を込めて述べる)　(3)(むかし) Aしたなあ。(回想)

例文
・親はいつも子どもの幸せを願っているものだ。　→(1)
・女性にとってゴシップ記事は気になるものだ。　→(1)
・一度運転手つきの車に乗ってみたいものだ。　→(2)
・子どものころはよく兄弟げんかをしたものだ。　→(3)

150 AものだからB

意味 Aだから B。

例文
・夕立にあったものだから、びしょぬれだ。
・安かったものだから、つい買ってしまったが、後で考えたらいらないものだった。
・昨日は雨だったものだから、一日中家でごろごろしていました。
・友人が来日したものだから学校を休んでしまった。

✎失敗や不都合などの言いわけによく使う。

▼▼ 練習 ▼▼

次の文の ＿＿＿＿ にはどんな言葉を入れたらよいか。①、②、③、④から最も適当なものを１つ選びなさい。

1 明日のパーティーに行こうか行く ＿＿＿＿ 迷っている。

① つもりか　② だろうか　③ まいか　④ でしょうか

2 最近は若い母親 ＿＿＿＿ 子育ての雑誌が多数出版されている。これも核家族が増えたためだろうか。

① 向いた　② 向く　③ 向ける　④ 向けの

3 「何ぐずぐずしているの。早くしなさい。」「だって行きたくないんだ ＿＿＿＿ 。」

① ね　② って　③ もの　④ から

4 この悔(くや)しさは忘れる ＿＿＿＿ 。いつか必ず彼を見返(みかえ)してやる。

① かねない　② にかたくない　③ にあたらない　④ ものか

5 聞く耳を持たない彼には二度とアドバイスはする ＿＿＿＿ 。

① つもりだ　② だろう　③ まい　④ でしょう

6 電車も飛行機も熟年夫婦 ＿＿＿＿ 割引切符が販売されている。

① 向けの　② 対しての　③ とっての　④ ための

7 今日は出かけたくないなあ。雨が降っているんだ ＿＿＿＿ 。

① もの　② ので　③ こと　④ から

8 二日酔いで頭がくらくらするときは、もう酒など飲む ＿＿＿＿ と思うが、夜になるとまた飲んでしまう。

① ことか　② ものか　③ のか　④ ところか

9 昨夜、あんなに飲んだのだから、彼は二日酔いで今日は会社には来れ ＿＿＿＿ 。

① はずだ　② に違いない　③ まい　④ わけだ

10 彼はふだんは無口だがお酒が入ると、カラオケも歌 ＿＿＿＿ 、ダンスもする。

① っても　② ったら　③ っていると　④ えば

11 「そんなに食べて大丈夫なの。お腹こわすわよ。」「だって、これ好きなんだ ＿＿＿＿ 。」

① から　② って　③ もの　④ ものの

12 慣れないことをすると疲れる ＿＿＿＿ 。

① ものを　② ものです　③ ものがある　④ ものか

13 彼が会社をやめようが ＿＿＿＿ が私には関係ない。

① やめない　② やめるつもり　③ やめるだろう　④ やめまい

14 外国人の中にも納豆が好きな人も ＿＿＿＿ 嫌いな人もいる。

① いても　② いたら　③ いれば　④ いると

15 「最近元気ないね。」「親友とけんかしちゃったんだ ＿＿＿＿ 。元気出ないよ。」

① もの　② こと　③ ので　④ って

16 私も若いころは、夜遅くまで ＿＿＿＿ ものだ。

① 遊び歩く　② 遊び歩いている　③ 遊び歩いた　④ 遊び歩き

17 幼児 ＿＿＿＿ の絵本を日本語教育に使用している学校がある。

① 的　② っぽい　③ 向き　④ 気味

18 彼女は弁護士の資格も ＿＿＿＿ 、医師の資格も持っている。

① あっても　② あれば　③ あったら　④ あると

19 動物の親子の愛情には、感動させられる ＿＿＿＿ がある。

① の　② よう　③ もの　④ ばかり

20 フランスで古いお城を見た。私もあんなお城に住んで ＿＿＿＿ ものだ。

① みる　② みた　③ みたい　④ みよう

21 このコンピューターの解説書は、小学生向き ＿＿＿＿ やさしく書かれている。

① の　② に　③ を　④ は

22 先週は風邪をひいて、せきも ＿＿＿＿ 熱も出るしで、つらかった。

① 出たら　② 出て　③ 出れば　④ 出るなら

23 最近のアジア諸国の発展にはめざましい ＿＿＿＿ 。

① のだ　② ようだ　③ そうだ　④ ものがある

24 首相も一刻も早くこの不況から ＿＿＿＿ ものだと思っているに違いない。

① 脱出する　② 脱出しよう　③ 脱出するつもり　④ 脱出したい

25 これは若い女性 ＿＿＿＿ の雑誌だ。

① 向く　② 向かない　③ 向き　④ 向いて

26 あのアパートの若者たちは近所の人の迷惑も ＿＿＿＿ 毎晩夜遅くまで騒いでいる。

① かかわらず　② かまわず　③ のみならず　④ かぎらず

27 彼女のスピーチ ＿＿＿＿ 人々を感動させるものがあった。

① では　② からは　③ には　④ が

28 出がけにお客が来た ＿＿＿＿ だから遅くなってしまってごめんなさい。

① の　② こと　③ ところ　④ もの

29 この日本語の教科書は、技術研修生 ＿＿＿＿＿ 。

① 気味だ　② っぽい　③ ものだ　④ 向きだ

30 A 国は世界各国からの非難 ＿＿＿＿＿ かまわず核実験を行った。

① を　② は　③ で　④ も

31 ゴッホの絵 ＿＿＿＿＿ 人を引きつけて離さないものがある。

① とは　② には　③ なら　④ では

32 「お父さんはどうして元気がないの？」「娘がお嫁に行くことになったもの ＿＿＿＿＿ 、さびしいらしいのよ。」

① から　② だから　③ ので　④ なので

33 この車はアメリカ ＿＿＿＿＿ 開発されたもので、日本の狭い道路では運転しにくい。

① 対して　② 向けに　③ とって　④ 向け

34 父親がうるさいとどなっているのも ＿＿＿＿＿ 、息子はボリュームをいっぱいにして、ロックを聴いていた。

① かかわらず　② かぎらず　③ かけず　④ かまわず

35 あんなに一生懸命勉強したのに合格できないなんて……、もう勉強なんかする ＿＿＿＿＿ 。

① もの　② ものだ　③ ものか　④ ものの

36 何を着て出かけようかと ＿＿＿＿＿ ものだから、部屋中洋服だらけになってしまった。

① 迷う　② 迷わない　③ 迷って　④ 迷った

37 高齢化社会の到来(とうらい)とともに、高齢者 ＿＿＿＿＿ 商品が次々と開発されている。

① 向けの　② よりの　③ からの　④ によっての

38 子どもが電車の中を走りまわって他人に迷惑をかけている ＿＿＿＿＿ かまわず、おしゃべりに夢中になっている母親がいる。

① でも　② のも　③ にも　④ も

39 親友だと思ったから、何でも話したのに、クラスの人に言うなんて……、もう他人なんか ＿＿＿＿＿ ものか。

① 信じる　② 信じて　③ 信じない　④ 信じ

40 子どもは勉強 ＿＿＿＿＿ ものだから、頭が痛いとうそをついた。

① する　② しない　③ したい　④ したくない

16課（151～160）解説と例文

151 (1) A れる（可能形）ものなら、A
(2) A よう（意向形）ものなら、B

意味 (1) A ができるなら、B。 (2) A したら、B。

例文
- 戦争をやめさせられるものならやめさせたい。 →(1)
- 「月の石」をさわれるものならさわってみたい。 →(1)
- あこがれの東京大学に入れるものなら入りたい。 →(1)
- テストでカンニングをしようものなら退学させられる。 →(2)
- 強盗は銃を持っていたんだよ。警察に通報しようものなら殺されていたよ。 →(2)

✎ (1) うしろの A は「～たい」の形がよく使われる。(2) B は受身形がよく使われる。

152 A ものの B

意味 A だが、しかし B（逆接）。

例文
- 出願はしたものの、受験はしませんでした。
- 夏休みに北海道へ行こうと思ったものの、お金が足りなくて行けなかった。
- 大学に入学したものの、授業についていけない。
- 雨は降っているものの、体育祭は予定どおり行われることになった。
- お見合いはしたものの、彼とは結婚する気にならなかった。

153 A やら B やら

意味 ① A したり B したり。 ② A や Bなど/ A とか B とか。

例文
- 同窓会は、飲むやら歌うやらの騒ぎだった。 →①
- 地震に驚いた犬はほえるやら走りまわるやらで、手がつけられなかった。 →①
- 先日のパーティーには、政治家やら芸能人やら有名人が大勢来ていた。 →②
- 田中さんは茶道やら英会話やらいろいろ習っている。 →②
- ホームステイやら国際交流パーティーやらあって、留学生活も充実している。 →②

✎話し言葉的。

154 A ようがない/ようもない

意味 （Aしたくても）Aする方法がない。

例文
・不況で仕事がないのだから、働きようがない。
・車がほしいのだけれど、お金がないのだから、買いようがない。
・こんなに散らかっていたら、片づけようがない。
・どこにいるかわからないのだから、彼には連絡のしようがない。
・癌（がん）がかなり進んでいて、現代の医学ではどうしようもない、という話だ。

155 A ように

意味 ①Aのとおりに。 ②Aのために。(目的) ③Aしなさい。(命令) ④Aという状態になる。(変化、進歩)

例文
・例年のように12月31日に忘年会を行います。 →①
・やせるようにジョギングを始めた。 →②
・教室の中では日本語で話すように。 →③
・彼は無口（むくち）だったが最近はよくしゃべるようになった。 →④
・日本語が話せるようになりました。 →④

✎婚約指輪を<u>買う</u>ために貯金している。辞書形＋ために
婚約指輪を<u>買える</u>ように貯金している。可能形＋ように

156 A わけがない/わけはない

意味 Aすることは絶対ない/Aするはずがない。

例文
・あんな善良な人が殺人を犯すわけがない。
・政治家の不正を国民が認めるわけがない。
・え！桜？まだ2月なのに桜が咲くわけはないよ。梅じゃない？
・独身主義者の彼が結婚するわけがない。

157 (1) A わけだ　(2) A わけではない/わけでもない

意味 (1)当然Aだ。 (2) Aということではない/Aということでもない。

例文
・日本が11時なら台湾は10時というわけだ。 →(1)
・えーっ！気温がマイナス5度！みんなコートのえりを立てているわけだ。 →(1)
・その集会はあまり気が進まないが、出席しないわけではない。 →(2)
・彼とは最近あまりデートしていないが、けんかしているわけではない。 →(2)
・結婚したくないわけでもないが、今は仕事が楽しいから結婚は考えていない。 →(2)

158 (1) A わけにはいかない/わけにもいかない (2) A ないわけにはいかない/ないわけにもいかない

意味 (1) A できない/簡単に A する状態ではない。
(2) A しなければならない。

例文
・彼女と結婚したいが、今は学生だから、すぐに結婚するわけにはいかない。 →(1)
・おいしそうだが主賓(しゅひん)の挨拶が終わるまでは食べはじめるわけにはいかない。 →(1)
・親戚の家の引っ越しだから手伝わないわけにもいかない。 →(2)
・先生に頼まれたことだから、やらないわけにもいかない。 →(2)
・日本政府はPKO要員を派遣しないわけにはいかなかった。 →(2)

159 A わりに/わりには B

意味 A なのに B。（A から当然予想されることとは違って B）

例文
・年齢のわりには若く見える。
・雪が降っているわりにあまり寒くない。
・小学生のわりに知識が豊富だ。
・彼女はおしゃれなわりには、部屋はきたない。

✎ 2級－34「A くせに/くせして B」、2級－109「A にしては B」と類似。

160 A を B として/とする/とした

意味 A が B である。

例文
・この会は国際交流を目的とした集まりです。
・彼は実在する人物をモデルとして小説を書いた。
・石油を原料とする製品はいろいろあります。
・われわれの家族はその男の子を養子(ようし)とした。

▼▼ 練習 ▼▼

次の文の ＿＿＿＿ にはどんな言葉を入れたらよいか。①、②、③、④から最も適当なものを1つ選びなさい。

1 そんな小さなナイフで ＿＿＿＿ ものなら、殺してみろ！

① 殺す　② 殺さない　③ 殺せる　④ 殺される

2 初めてカラオケで日本語の歌が歌えたときは、うれしい ＿＿＿＿ 恥ずかしい ＿＿＿＿ 、何とも言えない気持ちだった。

① なり/なり　② と/と　③ など/など　④ やら/やら

3 定職もない私に銀行がお金を貸してくれる ＿＿＿＿ がない。

① とか　② くらい　③ もの　④ わけ

4 仕事が忙しくても、親友の結婚式には ＿＿＿＿ わけにはいかない。

① 出席する　② 出席しない　③ 出席した　④ 出席しよう

5 あんな変な宗教から息子を脱会させられる ＿＿＿＿ 脱会させたい。

① そうなら　② ほどなら　③ ものなら　④ ところなら

6 音楽が好きな田中さんの部屋には、クラシック ＿＿＿＿ 、ロック ＿＿＿＿ さまざまなジャンルのCDがたくさんある。

① とも/とも　② し/し　③ やら/やら　④ たり/たり

7 全然勉強しないで、試験に合格する ＿＿＿＿ 。

① わけだ　② わけがない　③ わけでない　④ のでもない

8 母はがっかりするだろうが、試験に落ちてしまったことを知らせない ＿＿＿＿ 。

① どころではない　② にすぎない　③ わけにはいかない　④ べきではない

9 日本では他人と違うことを ＿＿＿＿ ものなら、すぐ協調性がないと言われる。

① する　② した　③ しよう　④ すれば

10 こんなにたくさん資料があったら、調べたくても ＿＿＿＿ がない。

① 調べ　② 調べる　③ 調べよう　④ 調べたい

11 彼が ＿＿＿＿ わけはない。彼が計画した旅行なんだから。もう少し待ってみよう。

① 来る　② 来ない　③ 来よう　④ 来たい

12 田中さんは、病気 ＿＿＿＿ わりに元気そうだ。

① が　② で　③ を　④ の

13 大統領 ＿＿＿＿ なれるものならなって、国のためにつくしたい。

① で　② ば　③ に　④ なら

14 クイズ番組で自動車が当たった。しかし運転免許証がないので、運転 ＿＿＿＿ 。

① したくない ② せずにはいられない ③ しかねない ④ しようがない

15 賄賂（わいろ）を受け取っていたといわれている政治家が再当選する ＿＿＿＿ はなかった。

① くらい ② もの ③ わけ ④ ほど

16 海外出張で何度も現地に行っている ＿＿＿＿ 何もわかっていない。

① わりに ② から ③ でも ④ ところが

17 自分でケーキを作ってみようと思い材料を買った ＿＿＿＿ 戸棚にしまったままだ。

① もの ② ものの ③ ものか ④ ものを

18 英語で自己紹介しろと言われても、英語ができないのだから自己紹介しようが ＿＿＿＿ 。

① あります ② ありません ③ あった ④ あろう

19 9月に引っ越してきたのだから、まだ3か月しか経（た）っていない ＿＿＿＿ 。

① ところだ ② つもりだ ③ ことだ ④ わけだ

20 中学、高校、大学で10年も勉強した ＿＿＿＿ 英語が身についていない。

① のわりに ② わりに ③ わりで ④ ところが

21 熱が下がったと思っていったん起きてみた ＿＿＿＿ 、頭が痛くてまたベッドに戻った。

① ながら ② でも ③ しかし ④ ものの

22 風邪をひいてしまって、明日の約束を断りたいが、山田さんの家の電話番号がわからないので連絡の＿＿＿＿ 。

① しかたがない ② おそれがない ③ しようがない ④ しかない

23 彼はもう3年も日本に住んでいるそうだ。彼のほうが私より日本語が ＿＿＿＿ わけだ。

① じょうず ② じょうずだ ③ じょうずな ④ じょうずの

24 クリスマスの ＿＿＿＿ 人出が少ない。不況のせいだろうか。

① よりには ② わりには ③ はずには ④ わけには

25 改革の必要性は論じられた ＿＿＿＿ 、その具体策は、一向に明らかにされる気配はない。

① ものの ② から ③ かわりに ④ ながら

26 1日も早く家が ＿＿＿＿ ように貯金をしている。

① 買う ② 買える ③ 買った ④ 買えた

27 経済大国になったからといって、すべての日本国民が豊かになった ＿＿＿＿ 。

① ではない ② ことではない ③ ものではない ④ わけではない

28 防風林（ぼうふうりん）は風害を防止することを目的 ＿＿＿＿ 植えられている。

① に対し ② ぐらいも ③ でこそ ④ として

29 富士山に登ってみた ______ 、あまり感動しなかった。富士山は遠くからながめているほうがよいと思う。

① どころか　② ものの　③ に反して　④ しかし

30 指定された場所以外ではたばこは吸わない ______ 。

① はず　② べし　③ ように　④ まい

31 政治家みんなが信頼できない ______ ではないが、私は今の政治に失望している。

① はず　② わけ　③ ばかり　④ くらい

32 みんなはAさんをクラスの代表委員 ______ 選出した。

① とする　② とした　③ として　④ にたいして

33 志望校に見事に合格した彼は、大声で叫ぶ ______ 跳び上がる ______ 大喜びでした。

① と/と　② だの/だの　③ やら/やら　④ や/や

34 発電所ができたのでこの村でも電気が ______ ようになりました。

① 使う　② 使った　③ 使える　④ 使えた

35 家のローンを払わなければならないから会社をやめる ______ 。

① わけだ　② わけではない　③ わけでもない　④ わけにもいかない

36 ポケベルの液晶表示の数字を暗号 ______ 使って、声でなく数字で話す高校生もいる。

① ぐらい　② として　③ ほど　④ だけ

37 結婚することが決まった好子さんは、家具 ______ 電気製品 ______ をそろえている。

① たり/たり　② やら/やら　③ すら/すら　④ のみ/のみ

38 例に示してある ______ 太枠（ふとわく）の中に必要事項を記入してください。

① ような　② ように　③ ようで　④ よう

39 今すぐにでも行きたいのだが、休暇がとれないので ______ わけにはいかない。

① 行く　② 行かない　③ 行こう　④ 行きたい

40 実際にあった事件を題材 ______ 映画が作られた。

① なのに　② からして　③ として　④ だからといって

17課（161～170）解説と例文

161 Aをきっかけに/をきっかけとして/をきっかけにしてB

意味 Aが動機や機会になって、B（を始める）。

例文
・友人の結婚式で出会ったことをきっかけに交際が始まり、来月私たちは結婚する。
・A代議士の逮捕をきっかけにして検察側は、次々と政治家の不正をあばいていった。
・父は定年退職をきっかけにラーメン屋を開業した。
・中国へ旅行したことをきっかけに、中国語を習うことにした。
・旅行で出会ったのをきっかけとして、文通を始めた。

162 Aを契機に/を契機として/を契機にしてB

意味 Aが動機や機会になってB（変化や発展）が起きる。

例文
・国交の回復を契機（けいき）にして両国の経済交流が盛んになった。
・規制緩和（きせいかんわ）を契機に大型店があちこちに進出した。
・社名変更を契機として、社内組織の一新（いっしん）を図（はか）った。
・A銀行の倒産を契機として、経済の混乱が始まった。

163 Aをこめて

意味 A（気持ち・心）を入れて/含んで。

例文
・お世話になった感謝の気持ちをこめて手紙を書きました。
・そのパッチワークは祖母の作ったもので、一針一針に祖母の思いがこめられています。
・その先生はいつも一言一言熱意をこめて、学生に語りかけた。

164 Aを中心に/を中心として/を中心にして

意味 Aが、円形、まとまり、繁栄、回転などの中心になっている状態。

例文
・このクラスはクラス委員を中心にまとまっている。
・江戸時代は、江戸を中心として、文化が栄えた。
・地球は太陽を中心にしてまわっている。
・都心を中心に半径50キロの範囲にマンションをさがそうと思っている。
・広場は噴水を中心にして作られている。

165 Aを通じて/を通して

意味 ① Aにあいだに入ってもらって/ Aを媒介にして。
② Aの範囲全部にわたって（時間的、空間的)。

例文
・陳さん**を通じて**、金さんの結婚を知った。 →①
・人材派遣会社**を通して**今の仕事に就いた。 →①
・その地についてはわずかの書物や映画**を通じて**得た知識しかありません。 →①
・お茶は東洋、西洋**を通じて**世界各国で飲まれている。 →②
・日本は江戸時代**を通して**、鎖国をしていた。 →②
・ハワイは一年**を通じて**暑い。 →②

166 Aを問わず/は問わず

意味 Aを問題にしないで。Aに関係なく。

例文
・女性はきれいになりたいという願望を年齢**を問わず**持っている。
・A社は今までの職歴**を問わず**、さまざまな分野で管理職を募集している。
・オペレーター募集。経験者。性別**は問わず**。
・パート募集。年齢、経験**不問**（＝**問わず**)。

✎2級－96(1)「Aにかかわらず/にかかわりなく/にはかかわりなく」と類似。

167 Aをぬきにして/をぬきにしては/はぬきにして

意味 Aなしで/ Aなしでは。

例文
・余談**はぬきにして**審議を進めましょう。
・馬**をぬきにしては**、昔の戦争を語ることはできない。
・ミケランジェロ**をぬきにして**ルネッサンス芸術を語ることはできない。
・テレビ**をぬきにして**の生活なんて考えられない。それほどテレビは現代の生活に浸透している。

168 Aをはじめ/をはじめとする

意味 Aを代表的なものとして。

例文
・日本には富士山をはじめたくさんの美しい山がある。
・鎌倉には建長寺をはじめとする古いお寺や神社が数多く残っている。
・春は桜をはじめいろいろな花がいっせいに咲きます。
・医学が進んだとはいっても、エイズをはじめとしてまだまだ現代の医学では解明できない病気がたくさんある。
・ロンドンには大英博物館をはじめとして無料で入場できる博物館や美術館がたくさんある。

169 Aをめぐって/をめぐる

意味 Aに関して。

例文
・教育をめぐる諸問題について、シンポジウムが開かれた。
・国会では、宗教法改正案をめぐって激論が交わされている。
・青少年の犯罪の増加をめぐって、さまざまな意見が出されている。
・A島の領有権（りょうゆうけん）をめぐって、周辺諸国が争っている。

170 Aをもとに/をもとにして

意味 Aを原型、基礎・土台・根拠にして。

例文
・この映画は実際にあった事件をもとにして作られたものです。
・西洋の陶器は、中国や日本の陶器をもとにして、作られた。
・日本の文化は中国や韓国の大陸文化をもとに、形成された。
・日本の和風の民家の様式は鎌倉時代の書院づくりをもとにしている。

▼▼ 練習 ▼▼

次の文の ＿＿＿＿ にはどんな言葉を入れたらよいか。①、②、③、④から最も適当なものを１つ選びなさい。

1 彼女の発言を ＿＿＿＿ 、社内のセクハラの実態が明らかになった。

① きかいとして ② きっかけとして ③ 最後として ④ 最初として

2 帰国にあたって、４年間の留学生活でお世話になった方々に気持ち ＿＿＿＿ 何かプレゼントをしたいと思っている。

① をいれて ② をかえて ③ をこめて ④ をして

3 彼の小説は世代 ＿＿＿＿ 多くの人々に愛読されています。

① をかえて ② をこめて ③ をめぐる ④ を問わず

4 わが校では運動会 ＿＿＿＿ さまざまな催しを行って、学生同士の交流を図（はか）っています。

① を皮切りに ② をきっかけに ③ をはじめ ④ をこえて

5 娘はテレビのコマーシャルに出演したこと ＿＿＿＿ 、スターへの道を歩みはじめた。

① をこめて ② をきっかけに ③ をめぐって ④ をきめて

6 今度こその思い ＿＿＿＿ コンクールに出品するのだが、なかなか賞を取れない。

① がこめて ② でこめて ③ にこめて ④ をこめて

7 社員募集。年齢、経験 ＿＿＿＿ 。熱意ある者歓迎。

① を通ず ② を問わず ③ を求めず ④ をこめず

8 わが国はパイナップル ＿＿＿＿ いろいろな果物を世界に輸出しています。

① をきっかけに ② をはじめ ③ をこめて ④ を問わず

9 大病（たいびょう）をしたこと ＿＿＿＿ 、父は健康に気をつけるようになった。

① をこめて ② をはじめ ③ をきっかけに ④ を問わず

10 世界が自分 ＿＿＿＿ まわっていると考えている彼は、いつも自分のわがままを通そうとして人を傷つける。

① をまわりに ② をこえて ③ を問わず ④ を中心に

11 アメリカは人種 ＿＿＿＿ 移民を受け入れてきた歴史がある。

① をかかわらず ② をこめて ③ を問わず ④ を中心に

12 地球の温暖化 ＿＿＿＿ 、世界各国でさまざまな議論がかわされている。

① をはじめ ② を問わず ③ をめぐって ④ をきっかけに

13 妻が働きはじめたこと ＿＿＿＿ 夫も家事を手伝うことにした。

① をめぐって ② をはじめ ③ をきっかけに ④ をこめて

14 キャプテン ＿＿＿＿＿ チームのメンバーが一丸(いちがん)となって戦い、勝利を勝ち取った。

① をめぐって　② を中心として　③ をはじめとして　④ をきっかけに

15 パートタイマー募集。年齢 ＿＿＿＿＿ 。週3日以上働ける方。

① は相違ない　② はきめない　③ は問わず　④ はかかわりない

16 政治家の汚職事件 ＿＿＿＿＿ 、国会は一時審議がストップした。

① をはじめ　② を問わず　③ を通じて　④ をめぐって

17 A さんの発言 ＿＿＿＿＿ 、それまで黙っていた人も、いっせいに声をあげた。

① をはじめ　② を通じて　③ を契機に　④ を中心に

18 町は教会を ＿＿＿＿＿ 発展した。

① めぐって　② はじめとして　③ 中心として　④ まわりに

19 芥川龍之介(あくたがわりゅうのすけ)を ＿＿＿＿＿ 日本の近代文学を語ることはできない。

① めぐっては　② ぬきにしては　③ はじめとして　④ 中心としては

20 農産物の自由化 ＿＿＿＿＿ 両国の話し合いは結論がなかなか出そうになかった。

① をはじめ　② をめぐる　③ を問わず　④ をきっかけに

21 駅前にデパートが開店したこと ＿＿＿＿＿ 、地元の商店街は売り上げが急激に落ち込んでしまった。

① をはじめとして　② をめぐって　③ を契機に　④ を問わず

22 その雄猫は、自分の家 ＿＿＿＿＿ 半径1キロを自分の縄張(なわば)りにしている。

① をめぐって　② を中心に　③ を問わず　④ をきっかけに

23 アメリカを ＿＿＿＿＿ 、国際紛争(ふんそう)の解決はあり得ない。

① はじめにしては　② 中心にしては　③ ぬきにしては　④ きっかけにしては

24 国境線 ＿＿＿＿＿ 、両国は何十年も争いを続けてきた。

① を問わず　② をめぐって　③ 中心に　④ を通じて

25 両親の離婚 ＿＿＿＿＿ 、子どもの登校拒否が始まった。

① を契機に　② をめぐって　③ を中心に　④ をはじめ

26 私は友人 ＿＿＿＿＿ L さんと知り合いになりました。

① をはじめ　② をめぐり　③ を通して　④ をきっかけに

27 現地の人々の声 ＿＿＿＿＿ 、真の国際援助はできない。

① をはじめ　② をめぐって　③ を問わず　④ をぬきにして

28 このオペラは、古い民話 ＿＿＿＿＿ 作られたものです。

① をめぐって　② をきっかけに　③ をもとにして　④ を通じて

29　子どもが生まれたこと ＿＿＿＿＿ 、夫婦の仲はいっそう深まった。

①　を通じて　　②　をめぐって　　③　を契機に　　④　を問わず

30　衛星放送 ＿＿＿＿＿ 世界中からニュースが入ってくる。

①　をめぐって　　②　を中心にして　　③　を通して　　④　を問わず

31　味噌汁 ＿＿＿＿＿ 日本人の食文化を語ることはできない。

①　をめぐっては　　②　をぬきにしては　　③　を問わず　　④　を通じては

32　この陶器は遺跡から掘り出された古い陶器の破片 ＿＿＿＿＿ 、復元されたものです。

①　をはじめとして　　②　をめぐって　　③　をもとにして　　④　を通じて

33　オリンピックの開会式では平和への願い ＿＿＿＿＿ 鳩が放たれる。

①　をこめて　　②　を通じて　　③　をめぐって　　④　を問わず

34　ハワイは一年 ＿＿＿＿＿ 泳ぐことができる。

①　を契機に　　②　を通じて　　③　をめぐって　　④　を中心に

35　京都には祇園祭 ＿＿＿＿＿ 伝統的な祭りや行事が今でもたくさん残っている。

①　を契機として　　②　をめぐって　　③　をはじめとして　　④　を問わず

36　この曲は古い民謡 ＿＿＿＿＿ 、それを現代風にアレンジしてできたものです。

①　を通じて　　②　をめぐって　　③　をもとにして　　④　を問わず

37　母親が祈り ＿＿＿＿＿ 作ってくれた弁当を広げながら、今日の試験には絶対パスするぞと決意を新たにした。

①　を通じて　　②　めぐって　　③　をこめて　　④　をきっかけにして

38　大学時代４年間 ＿＿＿＿＿ 、彼の成績はトップだった。

①　をめぐって　　②　を通じて　　③　を問わず　　④　を中心に

39　オランダ ＿＿＿＿＿ 欧米諸国に見られるような、身近に花を飾る習慣が、日本にも広がってきつつある。

①　をめぐる　　②　をきっかけとする　　③　をはじめとする　　④　を通じた

40　この戸棚はイギリスの古い家具 ＿＿＿＿＿ 日本で製作されたものです。

①　をこめて　　②　をめぐって　　③　をきっかけに　　④　をもとにして

1級

1課（1～10）解説と例文

1　AあってのB

意味 Aがあるからこそ B がある。A がなければ B もない。

例文
・どんなに有名でも、お客様あってのお店です。
・あなたあっての私です。どうかお身体を大切に。
・私が今日こうして活躍できるのも先輩のご支援あってのことです。
・今の安定した生活も若いときの苦労あってのものです。

2　(1) Aいかん で/では/によっては B、B は A いかんだ
(2) Aのいかんに よらず/かかわらず B

意味 (1) A がどうであるかによって、B。　(2) A がどうであるかに関係なく、B。

例文
・成績が伸びるかどうかは本人の今後の努力いかんだ。 →(1)
・検査の結果いかんでは、手術するかもしれない。 →(1)
・法務省の考え方いかんで、ビザが発給されるかどうかが決まる。 →(1)
・結果のいかんにかかわらず、必ず報告してください。 →(2)

✎2級－53「A 次第だ/次第で/次第では B」と類似。

3　(1) A う（意向形）が/と B
(2) A う（意向形）が A まいが / A う（意向形）と A まいと B

意味 (1) A ても B。　(2) A ても、A なくても、B。

例文
・彼が困ろうが、私には関係がない。 →(1)
・他人がどんなに迷惑しようと自分には関係ないというのはあまりにも身勝手（みがって）だ。 →(1)
・親が反対しようとしまいと、私は彼と結婚します。 →(2)
・彼が来ようが来まいが、時間になったら出発します。 →(2)
・レコードが売れようが売れるまいが関係なく彼は自分の作りたい音楽を作り続けた。 →(2)

✎Ⅰグループ　書く→書くまい
Ⅱグループ　食べる→食べるまい、食べまい
　　　　　　見る→見るまい、見まい
Ⅲグループ　する→するまい、すまい、しまい
　　　　　　く（来）る→くるまい、こまい

4 Aう（意向形）にもA（可能形）ない

意味 何かの理由があって、意志があってもAできない。

例文
- 仕事が終わらないから、帰ろ**うにも**帰れ**ない**。
- 宿題が多すぎて、遊ぼ**うにも**遊べ**ない**。
- テレビがこわれているから、見よ**うにも**見られ**ない**。
- びんのふたは固くて開けよ**うにも**開けられ**な**かった。
- 突然指名されたが、何も考えていなかったので、答えよ**うにも**答えられ**な**かった。

✎可能形を使うので、無意志動詞は使えない。
誤用例　×ビルの2階からは、階段がなければ、落ちようにも落ちられない。

5 A限りだ

意味 最高にAだ。

例文
- こんなに盛大な結婚式を挙げることができて、うれしい**限り**（かぎ）**です**。
- たったひとりの肉親だった姉を亡くして、さびしい**限りです**。
- 言葉がわからない外国で暮らすのだと思うと、心細い**限りでした**。
- こんなすばらしい賞をいただけるなんて、幸せな**限りです**。

✎Aは感情を表す形容詞。
✎1級−73「Aの至り」と類似。

6 A（た）が最後B

意味 もしAしたら、Bという結果になり、もう止められない。

例文
- 彼がスピーチを始めた**が最後**、長々と話が続いて終わらない。
- 彼女に秘密を話した**が最後**、クラス中の人に知られてしまうよ。
- 相手の弱みを知った**が最後**、彼はどこまでも相手を攻撃する。
- 獲物をくわえた**が最後**、猛獣はそれを放そうとしなかった。

✎Bは悪い結果。

7 AかたがたB

意味 AのついでにBをする。AをかねてBをする。

例文
- 散歩**かたがた**、買い物をする。
- 先日のお礼**かたがた**、お見舞いに行く。
- お見舞いのお礼**かたがた**、退院の報告に行く。
- 旅行**かたがた**、母の育った故郷を訪ねた。
- 結婚の報告**かたがた**、恩師を訪ねた。

✎2級−63「AついでにB」、1級−9「AがてらB」と類似。

8 AかたわらB

意味 Aと同時に/の合間(あいま)にBをする。

例文
・彼は勉学の**かたわら**、アルバイトをしている。
・彼女は本業の**かたわら**、劇団に入って活動している。
・彼は小説を書く**かたわら**、作詞もしている。
・私は外資系の会社で働く**かたわら**、夜英語を教えています。
・彼は日本語学校で勉強する**かたわら**、スーパーでアルバイトをしている。

✎職業や仕事、勉学などについて、１つでなく同時にほかのこともしているということを表すときに使われる。Aは本業で、Bは副業になる。
✎名詞＋の＋かたわら

9 AがてらB

意味 Aしながら/のついでにBをする。

例文
・遊び**がてら**、建設中の別荘を見に行こう。
・夕涼み**がてら**、蛍(ほたる)を見に行った。
・家が近いですから散歩**がてら**遊びに来てください。
・夕涼みをし**がてら**、花火を見る。
・お墓参り**がてら**、ドライブに行った。

✎２級－63「AついでにB」、１級－７「AかたがたB」と類似。

10 Aが早いかB

意味 AするとすぐBする。

例文
・先生が「今日の授業はここまでです」と言う**が早いか**、林さんは教室の外へかけ出した。
・冷蔵庫を開ける**が早いか**、猫は餌(えさ)をもらえると思って、とんでくる。
・ベルが鳴る**が早いか**、彼女は受話器を取った。
・玄関の戸を開ける**が早いか**、犬はかけ出して行った。

✎動詞（辞書形）＋が早いか
✎２級－60「Aたとたん（に）B」、１級－88「Aや/や否やB」と類似。

▼▼ 練習 ▼▼

次の文の ＿＿＿＿＿ にはどんな言葉を入れたらよいか。①、②、③、④から最も適当なものを１つ選びなさい。

1 「ご飯ですよ」と母が言う ＿＿＿＿＿ 、妹はテーブルについて、スプーンを持つ。

① 限り　② とたん　③ が遅いか　④ が早いか

2 外国からのお客を ＿＿＿＿＿ 、銀座でウィンドウショッピングをした。

① 案内するがてら　② 案内なので　③ 案内だから　④ 案内かたがた

3 将来どんなに、つらいことが ＿＿＿＿＿ 、絶対にくじけずがんばります。

① あると　② あろうが　③ あるが　④ あったが

4 こんなに盛大な結婚式を挙げることができて、 ＿＿＿＿＿ 限りだ。

① 感謝する　② うれしいの　③ 喜ぶ　④ うれしい

5 日々の地道な努力 ＿＿＿＿＿ 成功です。

① あるからの　② あるの　③ あれば　④ あっての

6 台風は今後の進路 ＿＿＿＿＿ 、関東地方に上陸するかもしれない。

① いかんには　② いかんは　③ いかんから　④ いかんでは

7 彼は会社で ＿＿＿＿＿ 、ボランティアで日本語を教えています。

① 働きかたがた　② 働くかたわら　③ 働きかたわら　④ 働くかたがた

8 刑務所で火事があったが、受刑者たちは ＿＿＿＿＿ 逃げられず、多くの人が亡くなった。

① 逃げるも　② 逃げよう　③ 逃げようにも　④ 逃げても

9 カラオケにＡ君と行くと、彼がマイクを ＿＿＿＿＿ が最後、誰も歌わせてもらえない。

① にぎり　② にぎる　③ にぎった　④ にぎって

10 ヨーロッパへの出張 ＿＿＿＿＿ 、イタリアでオペラを観劇した。

① かたわら　② かたがたに　③ がてらに　④ がてら

11 たとえけんかに ＿＿＿＿＿ 、いじめられようが、彼は決して泣かなかった。

① 負けるが　② 負けても　③ 負けようが　④ 負けようと

12 Ｋさんは、銀行勤め ＿＿＿＿＿ 演奏活動をしている。

① のかたがた　② がてら　③ のかたわら　④ かたわら

13 雨が降って ＿＿＿＿＿ 、店員は商品の傘を店頭の一番目立つところに並べはじめた。

① きたが早いか　② くるのが早いか　③ くるが早くて　④ くるが早いか

14 花見 ＿＿＿＿＿ 、友人の家へ遊びに行った。

① のかたわら　② のうちに　③ かたがた　④ ながら

15 電車のドアにスカートをはさまれて、動こうにも ＿＿＿＿＿ 、次の駅でドアが開くまでじっとしていた。

① 動かないで　② 動かず　③ 動けず　④ 動いて

16 ただでさえ、さびしがりやの娘が外国でひとりで生活するのは ＿＿＿＿＿ 。

① 心配なだけだ　② 心配だけだ　③ 心配限りだ　④ 心配な限りだ

17 豊かな水 ＿＿＿＿＿ 稲作です。

① あっての　② からの　③ より　④ あって

18 彼女はいったんしゃべりはじめたが ＿＿＿＿＿ とどまるところを知らない。

① とても　② つまり　③ ずっと　④ 最後

19 交渉がうまくいくかいかないかは相手の出方 ＿＿＿＿＿ にかかっている。

① によって　② だから　③ いかん　④ 限り

20 北海道への ＿＿＿＿＿ 、ちょうど行われていた雪祭りを見物した。

① 出張するかたがた　② 出張かたがた　③出張のかたがた　④出張かたがたで

21 主婦業 ＿＿＿＿＿ 小説を書いています。

① かたわら　② かたがた　③ がてら　④ のかたわら

22 読者 ＿＿＿＿＿ 作家です。

① いかんで　② 限り　③ ある　④ あっての

23 ほめてさえいれば機嫌がいいが、文句を ＿＿＿＿＿ 最後、不機嫌になってしまう。

① 言うが　② 言ったが　③ 言えば　④ 言うなり

24 料理研究家の彼女は、＿＿＿＿＿ 、めずらしい食材をさがして歩くそうだ。

① 旅行のがてら　② 旅行がてら　③ 旅行するがてら　④ 旅行かたわら

25 パトカーの音が ＿＿＿＿＿ 、けんかしていた男たちはいっせいに逃げ出した。

① したが早いか　② したが最後　③ するが最後　④ するが早いか

26 薬も飲み方 ＿＿＿＿＿ 、かえって健康を害することもある。

① あっての　② いかんによらず　③ いかんによっては　④ 限りで

27 無事卒業式を迎えることができて、うれしい ＿＿＿＿＿ 。

① ばかりです　② する限り　③ 限りです　④ の限りです

28 彼女は女優業 ＿＿＿＿＿ 、趣味で油絵も描いている。

① をかたわら　② のかたわら　③ がかたわら　④ にかたわら

29 ＿＿＿＿＿ 、ウィンドウショッピングをしていて、すてきな靴を見つけた。

① 散歩するがてら　② 散歩のがてら　③ 散歩したがてら　④ 散歩がてら

30 彼の説明を聞いて、なるほどそういういきさつが ＿＿＿＿ ことだったかと、いまさらながら納得した。

① だからの　② あっての　③ あるの　④ あったの

31 明日までに仕上げなければならないから、帰ろうにも ＿＿＿＿ 。

① 帰る　② 帰れない　③ 帰れる　④ 帰れた

32 いったん信用を失った ＿＿＿＿ それを取り戻すのは容易ではない。

① が最後　② 最後　③ で最後　④ から最後

33 経済情勢 ＿＿＿＿ 、次のプロジェクトは実施する。

① いかんにかかわらず　② の限りで　③ を限りに　④ のかたわら

34 買い物 ＿＿＿＿ 、デパートの特設会場で行われているゴッホ展を見てきた。

① のかたわら　② するかたがた　③ かたがた　④ ながら

35 旅行 ＿＿＿＿ 、各地の昔話を収集して歩くのが趣味です。

① いかんによっては　② かたわら　③ ながら　④ がてら

36 雨が降ろうと、風が ＿＿＿＿ 、明日は大事な面接試験だから、行かなければならない。

① 吹いても　② 吹こうが　③ 吹くとも　④ 吹こうと

37 会場が ＿＿＿＿ が早いかアイドルのファンたちはいっせいに入口に殺到(さっとう)した。

① 開いた　② 開く　③ 開けた　④ 開ける

38 近くに原子力発電所があり、事故が起きたらと思うと ＿＿＿＿ 限りです。

① おそれる　② おそれた　③ おそろしい　④ おそろしかった

39 昨夜遅くまでテレビを見ていたので、眠くて目覚しが鳴っても ＿＿＿＿ 起きられず遅刻してしまった。

① 起きようとも　② 起きようにも　③ 起きようが　④ 起きまいとも

40 あなたが行こうが ＿＿＿＿ 、私は行かなければなりません。

① 行くまいが　② 行くまいと　③ 行っても　④ 行ったら

2課（11〜20）解説と例文

11 Aからある

意味 A 以上ある。

例文
・10キロからある巨大なかぼちゃが実った。
・ここから東京までは、100キロからある。
・彼には借金が1000万円からある。
・集会には、1000人からの人たちが集まった。
・ダイヤモンドは高価なものになると、1000万円からする。

✎ A には量や長さ、距離を表す数が入る。
✎「A +からの」という形で、「A 以上の」という意味を表すこともある。（4番目の例文）
✎「A 円からする」という形で、金額が A 以上の高額であることを表すこともある。（最後の例文）

12 Aきらいがある

意味 A という傾向がある。

例文
・彼は人の話を聞かないきらいがある。
・あの人は上司がいないと、なまけるきらいがある。
・うちの子は偏食のきらいがある。
・日本の会社は社員を採用する際、これまで学歴を重視するきらいがあった。

✎名詞＋の＋きらいがある
✎よくない傾向があるときに使われる。

13 A極まる/極まりない

意味 非常に A だ。（A を強調）

例文
・彼のしたことは、卑劣極（きわ）まる。
・彼の態度は、失礼極まりない。
・彼の生活は徹夜マージャンに深酒と不健康極まりない。
・感極まって泣き出した。（感情が極限まで高まる。）

✎極限状態に達するという意味でも使われる。（最後の例文）
✎悪いことに使われることが多い。
✎「極まりない」は否定形だが、意味は「極まる」と同じ。

14 Aごとき/ごとくB

意味 Aのような/のようにB。

例文
・国民の惨状を知らぬが**ごとく**支配者は贅沢(ぜいたく)の限りをつくしていた。
・津波が発生し、山の**ごとき**大波に村はのみこまれてしまった。
・王者の**ごとき**振舞いに人々は反感を抱いた。
・君**ごとき**、若造(わかぞう)に何ができる。
・私**ごとき**に、そんな大役は、とてもできません。

✎ちょっと古い表現。
✎「が（強調）＋ごとき/ごとく」の形もある。(最初の例文)
✎「人＋ごとき」という形で、「人」が他者の場合は軽蔑(けいべつ)、自分の場合は謙遜(けんそん)を表す。

15 AこととてB

意味 AなのでB。Aという事情があってB。

例文
・病気療養中の**こととて**同窓会には残念ながら欠席させていただきます。
・10年ぶりの**こととて**、すぐにはわからなかった。
・休み中の**こととて**ご連絡が遅れ、たいへん失礼いたしました。
・まだ引っ越ししてきたばかりの**こととて**、どこに店があるのか見当がつかない。

✎ちょっと古い表現。

16 AことなしにB

意味 AしないでB。

例文
・相手のプライドを傷つける**ことなしに**忠告することは難しい。
・日曜日も休む**ことなしに**働いた。
・お互いに人の心を傷つける**ことなしに**共同生活ができたらいいのに。
・せっかく新築した家は転勤のため一度も住む**ことなしに**人に貸すことになった。

✎動詞（辞書形）＋ことなしに

17 A始末だ

意味 結局、A（悪い結果）になってしまった。

例文
・「ひとりでできる」と言っていたのに、結局は助けを求める**始末(しまつ)だ**。
・あの子は小さいころから親の悩みのたねだったが、ついに家出までする**始末だった**。
・コレクションも度が過ぎて最近は自分の寝る場所もなくなる**始末だ**。
・事業を始めたが失敗して借金だけが残る**始末だった**。

✎動詞（辞書形）＋始末だ

18 Aずくめ

意味 すべてAばかりである。

例文
・黒ずくめのファッションが流行した。
・結構ずくめのおもてなしだった。
・楽しいことずくめの学生生活だった。
・この学校は規則ずくめで本当にいやになる。

✎名詞＋ずくめ
✎2級－62「Aだらけ」と類似。

19 Aずにはおかない

意味 必ずAする。

例文
・神は罪を犯したものには罰を与えずにはおかない。
・命がけで主人を守った盲導犬の話は人々を感動させずにはおかなかった。
・彼ほどの選手であれば、どのプロ野球球団もスカウトせずにはおかないだろう。
・鋭い鑑定眼を持つ彼のことだから、どんなにせものも見破らずにはおかない。

✎1級－50「Aないではおかない」と類似。

20 Aずにはすまない

意味 Aしないでは、終わらない、許されない。

例文
・私が悪かったのだから、あやまらずにはすまないと思う。
・学校の規則を破った私は、反省文を書かずにはすまないだろう。
・１週間も待ってもらったのだから今日こそはっきり返事をせずにはすまないだろう。
・彼に返済能力がないなら、連帯保証人である私が返済せずにはすまないだろう。
・会社に莫大な損害を与えたのだから、辞表を出さずにはすまない。

✎1級－51「Aないではすまない」と類似。

▼▼ 練習 ▼▼

次の文の ＿＿＿＿＿ にはどんな言葉を入れたらよいか。①、②、③、④から最も適当なものを１つ選びなさい。

1 1000万円 ＿＿＿＿＿ 借金を彼は５年で返してしまった。

① だけある ② まである ③ からある ④ ともある

2 最近のテレビ番組はつまらないドラマや歌番組が多く、退屈 ＿＿＿＿＿ 。

① 極まりない ② 極まるない ③ 極まりだ ④ 極まるだ

3 努力する ＿＿＿＿＿ 夢を実現することはできない。

① ものなしに ② なしに ③ ことなし ④ ことなしに

4 そのパーティーは食品会社の主催だけあって、おいしいもの ＿＿＿＿＿ 。

① ずめでした ② ずくめでした ③ まみれでした ④ 限りでした

5 ここから、学校までは、10キロから ＿＿＿＿＿ 。歩いていくのはちょっと無理ですよ。

① です ② のものです ③ ほどです ④ あります

6 彼 ＿＿＿＿＿ 青二才（あおにさい）に社長の仕事がつとまるものか。（青二才：年が若く経験のとぼしい男）

① ような ② のごとく ③ ごとき ④ ごとく

7 いじめにあった中学生は、誰にもそのことを ＿＿＿＿＿ ことなしに、ひとりで悩んでいた。

① 告げた ② 告げるの ③ 告げる ④ 告げない

8 同じ趣味を持つ彼との結婚は、一緒に楽しめるし、またライバルとして競争することによって高めあうこともできるし、 ＿＿＿＿＿ です。

① いいずくめ ② いいものずくめ ③ いいことずくめ ④ ことずくめ

9 1000万円が当たるという懸賞つきクイズには、10万人 ＿＿＿＿＿ 人が、応募したそうです。

① から ② からの ③ より ④ よりの

10 彼の不作法 ＿＿＿＿＿ 行為に憤り（いきどお）を感じた。

① 極まり ② 極った ③ 極まるの ④ 極まりない

11 犯人は誰にも ＿＿＿＿＿ ことなしに、室内に侵入し、お金だけをとっていったらしい。

① 気づく ② 気づいた ③ 気づかれた ④ 気づかれる

12 彼はほしいものは ＿＿＿＿＿ にはおかない性格だ。

① 手に入れない ② 手に入れる ③ 手に入れぬ ④ 手に入れず

13 彼は50キロ ＿＿＿＿＿ 石を軽々と持ち上げた。

① から ② からほどの ③ からある ④ からする

14　わが国の ＿＿＿＿＿ 資源小国は、加工貿易に頼る以外に生き残る道はない。

① ごとく　② ごとくの　③ ごときの　④ ごとき

15　現代社会では、お金を使う ＿＿＿＿＿ 、生活物資を手に入れることは難しい。

① なしに　② なしで　③ ことなくて　④ ことなしに

16　彼の不注意な一言は彼女の心を傷つけず ＿＿＿＿＿ 。

① はおかなかった　② においた　③ にはおいた　④ にはおかなかった

17　彼はまじめだが、あまりにまじめすぎて、ユーモアに欠ける ＿＿＿＿＿ 。

① きらいです　② きらいにある　③ きらいだ　④ きらいがある

18　私 ＿＿＿＿＿ 新人にこのような大役を与えてくださったことを光栄に思います。

① らしい　② みたい　③ ような　④ ごとき

19　真夜中のいたずら電話に困り果てた彼は、毎夜電話の上に毛布をかぶせて寝る ＿＿＿＿＿ 。

① 結果だった　② ものだった　③ 始末だった　④ ことだった

20　その光景は人々に感動を与えず ＿＿＿＿＿ おかなかった。

① は　② とは　③ には　④ ば

21　彼女は人の意見に影響されやすい ＿＿＿＿＿ がある。

① 気味　② きらい　③ ごとき　④ よう

22　母は海 ＿＿＿＿＿ 広い心で、いつも私のすることを、見守っていてくれる。

① ごとき　② の通り　③ のごとき　④ ごとく

23　仕事優先で家庭をかえりみなかった A 部長は子どもには無視され妻にも ＿＿＿＿＿ 始末だった。

① 去る　② 去られる　③ 去った　④ 去られた

24　彼の歌はすばらしく、人々を感激させずには ＿＿＿＿＿ 。

① ならない　② ならなかった　③ おいた　④ おかなかった

25　日本人は、「すみません」という言葉を使いすぎる ＿＿＿＿＿ 。

① きらいだ　② きらいなものだ　③ きらいがない　④ きらいがある

26　結婚したばかり ＿＿＿＿＿ 、新居はまだ片づいていない。

① のところで　② のことで　③ こととて　④ のこととて

27　ギャンブルに熱中するあまり、生活費まで全部使ってしまう ＿＿＿＿＿ 。

① ことだった　② きらいがあった　③ ばかりだった　④ 始末だ

28　私のせいで、相手に損害を与えたのだから、 ＿＿＿＿＿ にはすまない。

① 弁償しない　② 弁償する　③ 弁償せず　④ 弁償した

29 彼は失敗すると人のせいにする ________ 。

① きらいがない　② きらいがある　③ きらいだ　④ きらいではない

30 会社をやめて、ラーメン屋を開業した鈴木さんは慣れぬ ________ 、失敗ばかりしている。

① のこととて　② こととて　③ のことで　④ ところとて

31 勉強しろと、うるさく言いすぎたばかりに、息子は勉強嫌いになり、高校を中退 ________ 。

① した始末だ　② する始末だった　③ なる始末だ　④ なる始末だった

32 災害の大きさから考えて、政府も特別援助金を ________ にはすまないだろう。

① 出さない　② 出す　③ 出した　④ 出さず

33 彼の作る料理は、エビやカニなど高級な材料を使った、ぜいたく極まりない ________ だった。

① ところ　② こと　③ の　④ もの

34 来日したばかり ________ 、見るものすべてがめずらしかった。

① ことて　② ことに　③ のこととて　④ こととて

35 今日は友達からプレゼントをもらったり、先生にほめられたりした。 ________ の一日だった。

① いいものずくめ　② 悪いものずくめ　③ いいことずくめ　④ 悪いことずくめ

36 あれだけ多くの人の前で、断言したのだから、間違いがはっきりした今、謝罪せず ________ 。

① はすまない　② にはすまない　③ とすまない　④ をすまない

37 最近の高校生は毎日朝と夜の２回髪をシャンプーするそうだ。不経済 ________ 。

① 極まるだ　② 極まらない　③ 極まりない　④ 極まりだ

38 子どもが熱を出したが、真夜中の ________ 、どうしたらよいか困った。

① ものとて　② ものの　③ こととて　④ こととして

39 自分自身の昇進、娘の結婚、孫の誕生とよいこと ________ 一年だった。

① ばかり　② ずくめ　③ ずくの　④ ずくめの

40 遅れを取り返すためにはいつもの倍 ________ にはすまない。

① 残業せず　② 残業する　③ 残業しない　④ 残業

3課（21～30）解説と例文

21 Aすら/ですらB

意味 Aさえ B。(強調)

例文
・あの子は、自分の名前すら書けない。
・子どもですらできる問題です。
・お金がなくて、明日の生活すらどうなるかわからない。
・先生ですらわからない難しい問題だ。
・入院したことは、親にすら知らせなかった。

✎1級－25「AだにB」、2級－48「Aさえ/でさえB」と類似。

22 AそばからB

意味 Aするとすぐ、B (Aしたことの効果がすぐBで、消えてしまう)。

例文
・彼は私が教えるそばから、忘れてしまう。
・うちの塀は、消すそばから落書きされる。
・春の雪は冬の雪と違って、降るそばからとけてしまって、積もらない。
・この木の実は赤くなるそばから、鳥に食べられてしまう。

✎動詞(辞書形)＋そばから

23 (1) ただAのみ　(2) ただAのみならず

意味 (1) ただAだけ。　(2) ただAだけでなく。

例文
・あの会社は、ただ学歴のみを評価する。　→(1)
・ただ女性のみが子どもを産むことができる。　→(1)
・多くの会社に履歴書を送った。あとはただ返事を待つのみだ。　→(1)
・彼はただ外見のみならず、性格もいい。　→(2)

24 AたところでB

意味 Aしても、B。(逆接)

例文
・あの人に頼んだところで、どうにもならないでしょう。
・急いで行ったところで、もう間に合わない。
・何回やったところで、勝てないよ。相手が強すぎるんだから。
・私がアドバイスしたところで、彼は聞かないだろう。

・あやまったところで、許してくれないだろう。

✎ A をしても、いい結果が得られないことがはじめからわかっているときに使う。

25 A だに B

意味 A さえ B。

例文
・彼のことは、もうすっかり忘れた。夢にだに見ない。
・子どものころお化けは想像するだにおそろしかった。
・あの火事の夜のことは思い出すだにおそろしい。
・宝くじで1000万円当たるなんて、想像だにしなかった。（考えたこともなかった。）

✎A には「考える」「想像する」「思い出す」などの言葉が入り、そうした観念的な世界でさえ、B なのだから、現実や実際の場面ではさらに B であることを言うときに使う。B は「おそろしい」「つらい」などのマイナスの感情に使われることが多い。（2、3番目の例文）

✎ 1級－21「A すら/ですら B」と類似。

26 A たりとも

意味 たとえ A であっても。

例文
・目上の方との待ち合わせには、1分たりとも遅れてはならない。
・父から送金してもらったお金は、1円たりとも無駄にはできない。
・遭難した船員たちは一時（いっとき）たりとも希望を捨てなかった。
・入試まであと3日。1秒たりとも無駄にはできない。
・ここで釣りをしているところを発見された人は何人（なんぴと）たりとも告訴されます。

✎A には、数量を表す言葉が入る。

27 A たるもの（者）B

意味 A ならば当然/ A なのだから/ A である以上 B。

例文
・教育者たる者が、飲酒運転をするなど許せない。
・国会議員たる者は、国民の幸せを一番に考えなければならない。
・「男たる者、女の前で涙は流せない」と彼は強がりを言った。
・医者たる者は、患者の秘密を守るべきだ。

✎A は人を表す言葉が入る。古い表現。

28 AつBつ

意味 ①2人がお互いに、したりされたりする様子。　②AたりBたり（A、Bは反対語）。

例文
・ゴール目前でトップを争い、抜きつ抜かれつの激しいレースになった。　→①
・同僚と差しつ差されつお酒を飲んだ。（差しつ差されつ：お互いにお酒をすすめながらなごやかに飲む様子を表す慣用表現）　→①
・Aさんと私の成績は毎回抜きつ抜かれつで、お互いにいいライバルだ。　→①
・道に迷って行きつ戻りつするうちに、何とか目的地に着いた。（行きつ戻りつ：前へ行ったり後ろへ戻ったりとなかなか前へ進まない状態を表す慣用表現）　→②

✎1、3番目の例文は競争関係を表す。

29 Aっぱなし

意味 Aの状態を続けておく。Aをそのままにしておく。

例文
・玄関のドアを開けっぱなしにしないでください。虫が入ってくるから。
・ゆうべはいつのまにか寝てしまったから、一晩中電気がつけっぱなしだった。
・彼の悪いところはいつも新聞を読みっぱなしにして片づけないところだ。
・主人は日曜大工が趣味なのはいいが、いつも道具を出しっぱなしで、片づけない。
・窓を閉めっぱなしにして、何十人もの学生が勉強しているから、教室は空気が悪い。

30 (1) Aであれ　(2) AであれBであれ

意味 (1) Aでも。　(2) AでもBでも。

例文
・英国ではたとい、女王であれ、税金を払わなければならない。　→(1)
・お金持ちであれ悩みはある。　→(1)
・男であれ女であれ、不況の今は就職することは難しい。　→(2)
・戦時中は、芋であれ何であれ、食べるものがあればそれで満足だった。　→(2)

✎名詞＋であれ

▼▼ 練習 ▼▼

次の文の ＿＿＿＿ にはどんな言葉を入れたらよいか。①、②、③、④から最も適当なものを１つ選びなさい。

1 熱があって、起きあがる ＿＿＿＿ できない。

① にすら ② すら ③ ものすら ④ ことすら

2 この美術大学に入学するには、ただ学力のみならずデッサン力 ＿＿＿＿ 試される。

① は ② が ③ も ④ さえ

3 以前彼にお金を貸したが、返してくれなかった。もう彼には、100円たりとも ＿＿＿＿ 。

① 貸した ② 貸そう ③ 貸さない ④ 貸してない

4 強い風のため、ヨットは行きつ ＿＿＿＿ して、なかなか港にたどり着けなかった。

① 行ったり ② 行かれつ ③ 戻ったり ④ 戻りつ

5 あの人は、人づきあいが苦手で、恋人どころか友達すら ＿＿＿＿ 。

① います ② いません ③ あります ④ ある

6 優勝への道はけわしい。＿＿＿＿ 最後まで勝ちぬいた者のみが栄冠（えいかん）を手にすることができる。

① しかし ② もっと ③ いかに ④ ただ

7 敵はこちらに向かっているらしい。一瞬 ＿＿＿＿ ゆだんできない。

① たりは ② たりも ③ たりとは ④ たりとも

8 そのレースは、スタートから、有力選手２人だけの ＿＿＿＿ 抜かれつの激しい争いになった。

① 抜いて ② 抜きつつ ③ 抜きつ ④ 抜かれたり

9 こんな簡単な問題すら ＿＿＿＿ のでは、大学進学は無理だ。

① 解けた ② 解ける ③ 解けない ④ 解けそうな

10 明日は試験だ。今までなまけていたのだから、今夜勉強した ＿＿＿＿ 合格できないだろう。

① でも ② もので ③ ところでも ④ ところで

11 新婚の田中さんの奥さんは「彼とは１日たりとも離れて ＿＿＿＿ 」と言った。

① いたかった ② いたい ③ いたくない ④ いた

12 ラーメンは ＿＿＿＿ 、本は読みっぱなし、ゴミは置きっぱなし、本当にきたない部屋ね。

① 食べるっぱなし ② 食べたっぱなし ③ 食べはなし ④ 食べっぱなし

13 親 ＿＿＿＿ すら私のことはもうあきらめています。

① に ② が ③ で ④ を

14 不合格通知に ＿＿＿＿ ところで、もうどうにもならない。

① 涙した ② 涙する ③ 涙している ④ 涙の

15 設計図の線は1ミリたりともくるって ＿＿＿＿ 。

① いた　② いる　③ はいける　④ はいけない

16 住宅は人が住んでいないと、窓や戸が ＿＿＿＿ になるので、中に湿気がこもる。

① 閉めた　② 閉めっぱなし　③ 閉める　④ 閉めはなし

17 洗濯するそば ＿＿＿＿ 、子どもが服をよごしてくるので、お母さんは一日中洗濯をしている。

① へ　② に　③ を　④ から

18 議員ひとりが反対したところ ＿＿＿＿ 、その法案は通ってしまうでしょう。

① が　② も　③ で　④ は

19 弁護士 ＿＿＿＿ 、職務上知り得た被告人の秘密をほかにもらしてはならない。

① のもの　② でも　③ たるもの　④ とも

20 うっかりして、お風呂の水を ＿＿＿＿ っぱなしにして、部屋が水びたしになってしまい大家さんにしかられた。

① 出した　② 出る　③ 出す　④ 出し

21 その商品は、評判がよく、入荷する ＿＿＿＿ から売れていく。

① そば　② 前　③ 後　④ とき

22 今さら輸血をした ＿＿＿＿ 、彼は助からない。もう手遅れです。

① ばかりで　② ところが　③ ところで　④ もので

23 教師 ＿＿＿＿ は、学生のことを一番に考えなければならない。

① たるとも　② たるところ　③ たるもの　④ たること

24 ドアは開けたら開け ＿＿＿＿ 。彼は家でどんなしつけを受けて育ったのだろう。

① るまま　② まま　③ っぱなし　④ っぱなす

25 人気画家の絵は、描くそばから、 ＿＿＿＿ 。

① 売れない　② 売れなかった　③ 売れてくる　④ 売れていく

26 彼女が、幼なじみの彼と結婚することになろうとは、想像だに ＿＿＿＿ 。

① します　② しました　③ しません　④ しませんでした

27 ＿＿＿＿ 、いかなる偏見も持ってはならない。

① 裁判官では　② 裁判官たるもの　③ 裁判官なるもの　④ 裁判官であるもの

28 女王であれ、庶民（しょみん） ＿＿＿＿ 、同じ人間である。

① があれ　② はあれ　③ であれ　④ もあれ

29 ＿＿＿＿ そばから、子どもがちらかすので、いつも部屋が片づかない。

① ちらかす　② 片づけ　③ ちらかした　④ 片づける

30 あの親切そうな男が、殺人犯だったなんて、＿＿＿＿＿ だにおそろしい。

① 考え　② 考えた　③ 考える　④ 考えない

31 妻 ＿＿＿＿＿ 、夫の健康には気を配るべきだ。

① だっても　② でも　③ たること　④ たるもの

32 親が医者 ＿＿＿＿＿ 、政治家であれ、子どもの将来は子ども自身が決めるべきである。

① でも　② では　③ で　④ であれ

33 準備は、すべて完了した。あとはただ、当日の天候がいいことを祈る ＿＿＿＿＿ 。

① ことだ　② のみだ　③ ものだ　④ のだ

34 あの大地震の日のことは、幼い子どもたちには思い出すだに ＿＿＿＿＿ 出来事だったに違いない。

① 出せない　② 難しい　③ 簡単な　④ おそろしい

35 追いつ ＿＿＿＿＿ のレースの末に A 選手がわずかの差で勝利した。

① 追いつ　② 追われつ　③ 追われつつ　④ 追われて

36 男の子であれ女の子 ＿＿＿＿＿ 、家事はできたほうがよい。

① でも　② である　③ であれ　④ であり

37 このイベントは、ただ日本人のみ ＿＿＿＿＿ 、どの国の人も参加できます。

① でも　② だけで　③ なら　④ ならず

38 自分も立場が変われば加害者になったかもしれないということは考える ＿＿＿＿＿ おそろしいことだった。

① に　② まで　③ だに　④ にだ

39 故郷に帰って、久しぶりに友人と ＿＿＿＿＿ 差されつしながら、一晩中語り明かした。

① 差したり　② 差しつつ　③ 差しつ　④ 差されつ

40 今はどんな山奥の村 ＿＿＿＿＿ あれ、電気がつかないところはない。

① が　② も　③ を　④ で

4課（31～40）解説と例文

31 AてからというものB

意味 Aをきっかけに B（以前と違う状態）になった。

例文
・祖母が死んで**からというもの**、祖父はお酒ばかり飲んでいる。
・新しいサッカーボールを買ってもらって**からというもの**、あの子はサッカーばかりしている。
・先日ゴルフをして**からというもの**、日ごろの運動不足がたたって体が痛くてしかたがない。
・漢方薬を飲みはじめて**からというもの**、体調がいい。

32 Aでなくてなん（何）だろう

意味 A以外考えられない、Aだ。

例文
・彼女に対する気持ちが、愛**でなくて何だろう**。
・最近、とてもさびしい。これがホームシック**でなくて何だろう**。
・彼女のことを考えるとドキドキする。これが恋の病**でなくて何だろう**。
・救出の遅れが今回の災害を大きなものにした。これは人災**でなくて何だろう**。
・これが不当な解雇**でなくて何だろう**。

✎「Aだ」と断定しないで、文学的に表現している。
✎ 2級－112「Aに相違ない」、2級－115「Aに違いない」と類似。

33 AではあるまいしB

意味 Aではないのだから、B。

例文
・忍者**ではあるまいし**、人が突然消えてしまうことなんてないだろう。どこかにかくれているんだよ。
・赤ちゃん**ではあるまいし**、自分のことは自分でしなさい。
・学生時代**じゃあるまいし**、1か月も旅行するなんて無理だよ。
・すぐ飛んでこいと言ったって、スーパーマン**じゃあるまいし**……。

34 Aてやまない

意味 「祈る」「願う」「期待する」などに続けて、それを強調する表現法。

例文
- 事業の成功を祈って**やまない**。
- 友人の病気がよくなることを願って**やまない**。
- 卒業生の活躍を期待して**やまない**。
- ご病気のご回復の1日も早いことを願って**やみません**。
- 全員無事救出されることを祈って**やまない**。

✎丁寧に言うときは「～てやみません」(4番目の例文)

35 (A)、Bと相まって、C

意味 AとBの2つのことが重なって、Cというよい結果になる。

例文
- 昨日は日曜だったので、好天**と相**(あい)**まって**人出が多かった。
- 今年のクリスマスイブは土曜日**と相まって**、街は例年以上ににぎわっている。
- CMソングのヒット**と相まって**、その商品は飛ぶように売れた。
- ストーリーのおもしろさが人気アイドルの出演**と相まって**、このドラマは高視聴率をあげている。
- 性能のよさとデザインの優美さが両々**相まって**本機種の声価を高めています。

✎Aは省略されることも多い。(3番目の例文)
✎名詞＋と相まって

36 (1) AとあってB (2) AとあればB(AとあってはB)

意味 (1) AのでB。Aという理由でB。 (2) AならB。

例文
- オリックスが優勝した**とあって**、地元神戸の人たちは大喜びだった。 →(1)
- 今朝(けさ)は寒かった**とあって**、出勤する人たちは皆、厚いコートを着ている。 →(1)
- サンタクロースを一目でも見たい**とあって**、クリスマスの夜には子どもは寝ようとしない。 →(1)
- 社長の命令**とあっては**、聞かないわけにはいかない。 →(2)
- この病気が治る**とあれば**なんでもやってみようと思います。 →(2)

37 AといいBといい

意味 AもBも。

例文
・そのレストランは料理といいサービスといい申し分なかった。
・その兄弟は兄といい弟といい親孝行で働き者だった。
・新居は床といい壁といい、とても上質な材料が使ってある。
・立地条件といい価格といい私たちの希望していた条件にぴったりだ。

✎名詞＋といい
✎2級－110(2)「AにしろBにしろ」と類似。

38 Aというところだ/といったところだ

意味 だいたいAぐらいだ。

例文
・りんごをいただいたからみんなで分けよう。ひとり5個ずつというところかな。
・最近はどんなアルバイトでも時給750円というところだ。
・あの歌手のコンサートなら、S席でも5000円といったところだろう。
・私の成績ではその大学には、合格ラインぎりぎりといったところだろう。

39 AといえどもB

意味 AでもB。AけれどもB。

例文
・親といえども、子どもの将来を勝手に決めることはできない。
・老いたといえども、ライオンは百獣の王としての誇りを持ち続けた。
・日本では親しい仲といえども礼儀を重んじている。
・医者といえども（現代の医学では）まだ治せない病気がたくさんある。
・犯罪者といえども、私たちと同じ人間だ。

40 Aといったらない/といったらありはしない（ありゃしない）

意味 とてもAだ。(強調)

例文
・彼は不潔だといったらありゃしない。風呂は1か月に1回だそうだ。
・このアパートは不便だといったらありゃしない。近くに商店もないし、駅も遠い。
・最近のテレビ番組はつまらないといったらありゃしない。見たい番組が全然ない。
・こんなに急いでいるときに車が故障してしまうなんて、腹立たしいといったらない。

✎悪いことによく使われる。
✎会話で使われる。

▼▼　練習　▼▼

次の文の ________ にはどんな言葉を入れたらよいか。①、②、③、④から最も適当なものを１つ選びなさい。

1　法律が改正されることを願って ________ 。

　①　やまない　②　ありません　③　極まります　④　かねない

2　子どもでは ________ 、アイスクリームを食べすぎてお腹をこわすなんてバカだよ。

　①　あって　②　あるし　③　ないし　④　あるまいし

3　このホテルは、駅に近いという立地条件のよさ ________ いつも満室だ。

　①　といえども　②　と相まって　③　ときたら　④　とはいえ

4　今日は悪い日といったら ________ 。雨に降られドレスはよごれるし、財布は落とすし……。

　①　ありはしない　②　ある　③　あります　④　あった

5　プロレスラー ________ 、幽霊はこわい。

　①　といえども　②　というと　③　というより　④　といえば

6　その歌は、歌詞といい、メロディ ________ 、あまりヒットしそうには思えない。

　①　といって　②　といい　③　とあって　④　となく

7　かろうじて予選を通過するかしないか ________ だろう。

　①　といったこと　②　といったごろ　③　といったぐらい　④　といったところ

8　クラス全員が志望校に合格した ________ 、先生はとてもうれしそうだ。

　①　とあって　②　とあれば　③　と相まって　④　といえども

9　あの人の言ったことは言葉による暴力 ________ 。私はひどく傷ついた。

　①　でなくて何だろう　②　おそれがある　③　きらいがある　④　がちだ

10　４月のはじめの日曜日は桜の開花 ________ 、上野公園はすごい人出だ。

　①　と相まって　②　としたって　③　とばかりに　④　とは

11　首相 ________ 、君がひとりで叫んでも政治には反映されないよ。

　①　でないし　②　であるし　③　ではあるまいし　④　ではあるし

12　今日中に帰国するつもりだったが、台風で飛行機が欠航 ________ 、延期するしかない。

　①　とかあって　②　とあっては　③　とあっても　④　と相まって

13　ここから大阪までは400キロ ________ な。

　①　と思うところだ　②　と考えるところだ　③　と知るところだ　④　というところだ

14　妹が無事出産することを願って ________ 。

　①　やまない　②　きらいがある　③　極まります　④　かねません

15 子どもが生まれ ＿＿＿＿＿ 、昼寝をする暇もなくなった。

① たとはいえ　② たところで　③ てからというもの　④ たといえども

16 彼が受け取ったお金は賄賂（わいろ） ＿＿＿＿＿ 。

① であって何だろう　② ではいられない　③ でなくて何だろう　④ でやまない

17 海外旅行では ＿＿＿＿＿ 、そんな大きなスーツケースを持っていかなくてもいいんじゃないの。

① ないことはない　② ないではいられない　③ あるまいし　④ ならない

18 親 ＿＿＿＿＿ 、子ども宛の手紙を勝手に読んではいけない。

① といえども　② というとも　③ でなくても　④ といったところで

19 彼女はもう20歳なのに、しゃべり方 ＿＿＿＿＿ 、服装といい、子どもっぽい。

① もいい　② はいい　③ といって　④ といい

20 エアロビクスは健康ブーム ＿＿＿＿＿ 人気が高まっている。

① にあって　② とあれば　③ とが相まって　④ とあって

21 広い家に優しい主人とかわいい子どもたち、これが幸せで ＿＿＿＿＿ 。

① ないで何だろう　② なくて何だろう　③ ないではすまない

④ ないではおかない

22 皇太子夫妻が通る ＿＿＿＿＿ 、沿道は、国旗を持った人で、いっぱいだ。

① にあって　② とあれば　③ とならば　④ とあって

23 いい香りと甘さ ＿＿＿＿＿ 、その果物は今若い女性のあいだで人気がある。

① といって　② としたって　③ とが相まって　④ とあって

24 雪国では ＿＿＿＿＿ 、そんな防寒具はいらないだろう。

① いるまいし　② あるまいし　③ おくまいし　④ するまいし

25 サミットの会場は厳戒態勢で新聞記者 ＿＿＿＿＿ 身分証明書なしで入ることはできなかった。

① というより　② といえども　③ というと　④ どころか

26 1時間待たされて、電話したら、約束忘れてたんだって。腹が立つと ＿＿＿＿＿ わ。

① いえばない　② いってもない　③ いうならない　④ いったらない

27 この車は大きさ ＿＿＿＿＿ いいデザインといい、若い女性向きだ。

① を　② と　③ が　④ の

28 母国の選手がオリンピックで金メダルを取ることを期待 ＿＿＿＿＿ 。

① しやまない　② してやまない　③ したやまない　④ するやまない

29 テレビゲームが普及して ＿＿＿＿＿ 、子どもは外で遊ばなくなった。

① からして　② からといって　③ からみれば　④ からというもの

30　彼はよく食べる ＿＿＿＿＿ 。ご飯を３杯食べた後、ケーキを５つも食べた。

① といえばない　② というならない　③ といえない　④ といったらない

31　青い空に白い砂浜、キラキラ輝く太陽に心地よい風。ここハワイが楽園で ＿＿＿＿＿

①ないではいられない　②ないではおかない　③ないものでもない　④なくて何だろう

32　昨日の試験の結果はまだ発表になっていないが、私の成績は70点といった ＿＿＿＿＿ だろう。

① ばかり　② ごろ　③ ところ　④ こと

33　昨夜雪が降った ＿＿＿＿＿ 、けさは道路が凍り、滑りやすくなっています。

① といって　② となら　③ とあって　④ ところ

34　彼は大学に合格して ＿＿＿＿＿ 、全然勉強しなくなった。

① からというもの　② からして　③ といっても　④ とはいえ

35　今回の企画の成功を ＿＿＿＿＿ やまない。

① 願う　② 願った　③ 願って　④ 願い

36　社長といえども社員のプライベートなことにまで、口出しは ＿＿＿＿＿ 。

① できる　② できた　③ できない　④ できるだろう

37　金利が下がる一方だ。貯金するなんてばかばかしいといったら ＿＿＿＿＿ 。

① ある　② ありゃしない　③ いい　④ いりゃしない

38　スポーツジムに通うように ＿＿＿＿＿ というもの、夜ぐっすり寝られるようになった。

① なるとき　② なったから　③ なってから　④ なればから

39　彼女の作る料理は味 ＿＿＿＿＿ いい見た目といい、食欲をそそる。

① も　② が　③ と　④ は

40　国の両親に電話するのは週に１回 ＿＿＿＿＿ です。

① といったところ　② どころ　③ と思うところ　④ ときたところ

5課（41～50）解説と例文

41 Aと思いきやB

意味 Aと思ったが違っていてBだった。

例文
・就職の面接で、うまく答えられなかったので、不採用**と思いきや**、採用の通知が来た。
・先生に呼ばれたので、またしかられる**と思いきや**、めずらしくほめられた。
・田中先生が作るテストだから難しい**と思いきや**、案外やさしかった。
・こんな田舎に住むのは不便だ**と思いきや**、近所の人が親切で「住（す）めば都（みやこ）」だった。
（住めば都：どんな所でも住み慣れると、楽しい所になる）

42 AときたらB

意味 AはBだ。

例文
・私の母**ときたら**、心配性なものだから、毎晩国際電話をかけてくる。
・私の通っている日本語学校**ときたら**、コピー１枚で20円もとる。
・うちの子**ときたら**、朝から晩までテレビゲームをしている。
・最近の若者**ときたら**、礼儀も知らない。

✎あまりいい話題のときではない。

43 AところをB

意味 ①Aという状態、場面、状況をB。　②Aのに、B。（相手に感謝やおわびの気持ちを表す慣用表現）

例文
・つまみ食いしている**ところを**母に見つかってしまった。　→①
・午後の授業をさぼって帰ろうとしている**ところを**先生に見つかってしまった。
→①
・もう少しで車にひかれるところでした。危ない**ところを**助けていただきありがとうございます。　→①
・本日はお忙しい**ところを**私たちの結婚式にご出席いただき、ありがとうございました。
→②
・おやすみのところ、ご迷惑さまですが、切符を拝見させていただきます。　→②

44 Aとしたところで/としたって/にしたところで/にしたって B

意味 Aとしても B。Aにしても B。Aでも B。

例文
・父としたところで、私にいつまでも家にいてほしいと思っていたわけではないが、その結婚には反対だった。
・彼としたって、彼女が仕事をするのは、反対ではなかった。
・彼女にしたところで、家事だけに専念するのは退屈だった。
・ゴリラにしたって狭い檻（おり）の中に閉じこめられているのはさぞストレスがたまるに違いない。

✎Aは人または人に準じるもの。
✎2級−86 (2)「Aとして/としては/としても」と類似。

45 Aとは

意味 Aが予想外のことで、驚いて。

例文
・操作がこんなに複雑だとは思ってもみなかった。
・彼が犯人だとは、夢にも思わなかった。
・あの2人が結婚することになるとは、思いもよらなかった。
・日本の冬がこんなに寒いとは、思わなかった。
・4月に雪が降るとは、考えもしなかった。

46 Aとはいえ B

意味 Aだけれども B。

例文
・4月になったとはいえ、まだ寒い日もある。
・静かだとはいえ、山の中の一軒家には住めない。
・娘は20歳とはいえ、まだまだ子どもです。
・フランス語が話せるとはいえ、通訳はできません。

✎2級−79「Aといっても B」と類似。

47 Aとばかりに B

意味 A（しろ/するな）というように B。

例文
・けさ電車に乗るとき、早く乗れとばかりに後ろの人に押されてころんでしまった。
・日曜日なのに妻は早く起きろとばかりに、掃除機をかけはじめた。
・スーパースターのAは、写真をとるなとばかりに、カメラのレンズをふさいだ。
・卒業式の校長先生の挨拶（あいさつ）のとき、担任の先生は私語はやめろとばかりに、口に指を立てて合図した。

✎命令/禁止の形＋とばかりに

48 Aともなく/ともなしに（＋Aしていると/していたら）

意味　無意識にAしている。

例文
・ショーウィンドウを見る**ともなしに**見ていたら「何かおさがしですか」と、店員に声をかけられてしまった。
・ラジオを聴く**ともなく**聴いていたら、懐かしい曲が流れてきた。
・ファッション雑誌を読む**ともなく**ページをめくっていると、きのうデパートで見た服と同じ服が載っていた。
・テレビを見る**ともなしに**つけていたら、臨時ニュースが飛びこんできた。
・寝る**ともなしに**ベッドに横になっていたら、いつの間にかぐっすり眠ってしまった。

49 Aともなると/ともなれば

意味　Aになるとやはり。「も」は強調。

例文
・人気歌手**ともなると**、ファンが騒ぐので、自由に外出もできない。
・東大卒**ともなれば**、言うことが違う。
・子どもも4歳**ともなれば**、自分のことは自分でするようになる。
・4月**ともなると**さすがに暖房はいらなくなる。

✎名詞＋ともなると/ともなれば

50 Aないではおかない

意味　必ずAする。

例文
・こんな美しい景色を画家の彼女に見せたら、きっとスケッチし**ないではおかない**だろう。
・買い物好きの彼女のことだから、イタリアへ行ったら靴やバッグをたくさん買わ**ないではおかない**だろう。
・彼女はマイケル・ジャクソンの大ファンだ。コンサートの切符はどうしても手に入れ**ないではおかない**と思う。
・彼は率直な性格だから、思ったことは口に出さ**ないではおかない**よ。

✎1級−19「Aずにはおかない」と類似。

▼▼ 練習 ▼▼

次の文の ＿＿＿＿＿ にはどんな言葉を入れたらよいか。①、②、③、④から最も適当なものを１つ選びなさい。

1 高校生 ＿＿＿＿＿ 、体はりっぱな大人だ。

① と思えば ② としたところで ③ とは ④ とはいえ

2 彼はもうその話はやめろ ＿＿＿＿＿ 、こわい顔をして私をにらんだ。

① といっても ② とばかりに ③ といえども ④ ときたら

3 ふだんおとなしい彼があんなに怒る ＿＿＿＿＿ 、よほどのことがあったに違いない。

① とは ② はず ③ では ④ から

4 プリンスとプリンセスの離婚 ＿＿＿＿＿ 慰謝料の額もすごいだろう。

① としては ② ともすれば ③ ともなれば ④ ともなければ

5 最近のテレビ番組 ＿＿＿＿＿ 、どの局も似たりよったりで、全く創造性がない。

① と思ったら ② と知ったら ③ ときたら ④ ときいたら

6 ベランダに出て、外を見る ＿＿＿＿＿ ながめていたら、向かいの家の人がカーテンを閉めた。

① ながら ② となくて ③ ともなく ④ となくも

7 私 ＿＿＿＿＿ 、いつまでもアルバイトでいようと思っているわけではない。できれば就職したいと思っている。

① にしたところに ② にしたところも ③ にしたところで ④ にしたところは

8 最近は外車もめずらしくないが、ロールスロイス ＿＿＿＿＿ 、まだ見かけることは少ない。

① ともなれば ② ともなるなら ③ となるなら ④ ともなく

9 頭にきてなぐってやろうとした ＿＿＿＿＿ 、上司に止められた。

① ことを ② ものを ③ ところを ④ ときを

10 上の階に住んでいる人はまた今夜も深夜に友人を連れて帰ってきて大騒ぎをしている。今日こそ文句を ＿＿＿＿＿ 。

① 言わないではおかない ② 言うようではない ③ 言えばない
④ 言いたいではない

11 東京の物価は高いとは聞いていたが、これほど ＿＿＿＿＿ 思っていなかった。

① との ② とも ③ では ④ とは

12 お忙しい ＿＿＿＿＿ をおじゃましてご迷惑かとは思ったのですが、先生しかご相談できる方がいなくて。

① ところ ② のに ③ せつ ④ ばかり

13　社長＿＿＿＿＿運転手つきの車で出勤する。

①　とはなれば　②　ともなれば　③　とかなると　④　とでなると

14　信号が青に変わるやいなや後ろの車は早く＿＿＿＿＿ばかりに、クラクションを鳴らした。

①　すると　②　しようと　③　したいと　④　しろと

15　青い空をながめる＿＿＿＿＿ながめていたら、何だか、心が落ち着いてきた。

①　ともなしに　②　とともに　③　と相まって　④　とばかりに

16　代々木公園は日曜日＿＿＿＿＿、家族連れや若者でにぎわう。

①　でもなく　②　ともなると　③　としたって　④　となって

17　慎重な彼女のことだから、チェックしたと言ってももう一度自分でチェック＿＿＿＿＿だろう。

①　するにはいられない　②　しないではおかない　③　しないことにはない

④　することはない

18　あいつ＿＿＿＿＿、お世辞がうまくて、いつものせられてこちらがごちそうすることになってしまう。

①　ときたら　②　ときいたら　③　ときったら　④　としたら

19　静かに聞け＿＿＿＿＿、せきばらいをした。

①　とばかりに　②　といえども　③　ときたら　④　とあれば

20　まじめな彼のことだから、どんな小さなことでも、上司に報告し＿＿＿＿＿と思う。

①　ないではない　②　ないではある　③　ないではおく　④　ないではおかない

21　抜けそうな歯をさわる＿＿＿＿＿さわっていたら、本当に抜けてしまった。

①　として　②　ともなく　③　とともに　④　とすれば

22　毎日顔を合わせているのに、妻の髪型が変わったのに気づかない＿＿＿＿＿、よほど、無関心なんだね。

①　とて　②　ところを　③　とは　④　ときたら

23　彼は英国に5年住んでいたと聞いたので、英語がぺらぺらだ＿＿＿＿＿大したことはなかった。

①　と考えきや　②　と知りきや　③　と聞きや　④　と思いきや

24　あなたの考えには反対だが、私にした＿＿＿＿＿それにとって代わるいい考えがあるわけではない。

①　ところも　②　ところに　③　ところは　④　ところで

25　もしもし田中医院ですか。お休みの＿＿＿＿＿すみません。子どもが急に腹痛で。

①　せつ　②　とき　③　おり　④　ところ

26　うちの子は3歳＿＿＿＿＿、数も数えられるし、ひらがなも読める。

①　とはいえ　②　だといえ　③　ともいえ　④　だといえば

27 父 ＿＿＿＿＿ 、毎晩遅くまで残業で、夕食はうちで食べたことがない。

① とは　② といって　③ とあって　④ ときたら

28 ホテルのレストランで食事 ＿＿＿＿＿ 、ジーパンというわけにはいかない。

① とは　② といえども　③ ともなれば　④ としたって

29 あの先生は熱心だから学生がわからないと言えばわかるまで説明し ＿＿＿＿＿ 。

① るではおかない　② ないではおかない　③ るではおく　④ ないではおく

30 彼は外国人 ＿＿＿＿＿ 、小さいときからずっと日本で育ったので、考え方も日本人と変わらない。

① だから　② とはいえ　③ なので　④ けれども

31 警察 ＿＿＿＿＿ 、被害者からの訴えがなければ、何もできない。

① としたところで　② としたところに　③ としたところも　④ としたところは

32 その男は弱そうなので、勝つ見込みはない ＿＿＿＿＿ 、大男を投げ飛ばした。

① ときたら　② とばかりに　③ と思いきや　④ とあって

33 かく ＿＿＿＿＿ かいていたら、腕が赤くなってしまった。

① ことなく　② までもなく　③ こともなく　④ ともなしに

34 もう少しで火事になる ＿＿＿＿＿ を犬がほえて知らせてくれたのでぼやですんだ。

① かもしれない　② ばかり　③ とき　④ ところ

35 20歳になった ＿＿＿＿＿ 、まだ大学生で自立していない。

① ともいえ　② としたところで　③ とは　④ とはいえ

36 喫茶店の隣の席に座った人は、たばこを ＿＿＿＿＿ ばかりに、煙に顔をそむけた。

① 吸えと　② 吸うなと　③ 吸うと　④ 吸いたい

37 東京大学に合格できる ＿＿＿＿＿ 思ってもみなかった。

① といい　② といったら　③ ものは　④ とは

38 満員電車で立っていたとき、座っている乗客が立ちかけたので、席が空く ＿＿＿＿＿ 、網棚の荷物をおろそうとしただけだった。

① とあって　② と思いきや　③ と相まって　④ とばかりに

39 この雑誌 ＿＿＿＿＿ 、800円もするのに半分以上が宣伝、広告だ。

① ときいたら　② ときたら　③ ときったら　④ ときた

40 検事だと聞いていたので、さぞ固い人だ ＿＿＿＿＿ 、会ってみると、気さくでおもしろい人だった。

① と思えば　② と思いきや　③ と思うなら　④ と思うが

6課（51～60）解説と例文

51 A ないではすまない

意味 A しなくてはならない。

例文
・多くの人に迷惑をかけたのだから、あやまらないではすまないだろう。
・ここは借地なので契約の期限がくれば立(た)ち退(の)かないではすまない。
・借りたお金は返さないではすまない。
・私はひとりっ子だから、両親の老後の面倒は私がみないではすまない。
・家のローンを返済していくためには、しばらく共働きをしないではすまない。

✎1級−20「A ずにはすまない」と類似。

52 A ないまでも B

意味 A ほどではないが、B ほどではある。

例文
・富士山の頂上までは登れないまでも、せめて途中までは登ってみたい。
・次のテストでは満点はとれないまでも、90点以上はとりたい。
・今日は快晴とはいえないまでも、いい天気だ。
・億万長者だとはいわないまでも、彼はかなりのお金持ちらしい。
・お世話になったあの方へ十分とはいえないまでも、私なりに精一杯のお礼をしようと思う。

53 A ないものでもない

意味 A しないわけではない。A することもあり得る。

例文
・一生懸命働けばマイホームが手に入らないものでもない。
・どうしても歌ってくれというなら、歌わないものでもないですが、じょうずじゃありませんよ。
・もう少し条件をよくしてくれれば、この会社で今後も働かないものでもないが、今のままならやめる。
・今すぐは無理だが、リハビリをすれば歩けるようにならないものでもない。
・もう少し相手に誠意があれば、交渉に応じないものでもない。

54 Aながらに

意味 Aとともに。Aの状態のままで。

例文
・ヘレン・ケラーは生まれながらに目も見えず耳も聞こえず口もきくことができなかった。
・今回の事故で子どもを失った母親は涙ながらに子どもへの思いを語った。
・容疑者は涙ながらに、自分の無実を訴えた。

55 AながらもB

意味 AなのにB。AしてもB。AにもかかわらずB。(逆接)

例文
・彼はまだ小さいながらも、きちんと挨拶する。
・狭いながらも楽しいわが家。
・子どもながらも両親の不仲(ふなか)に小さな胸を痛めていた。(不仲:仲が悪いこと)
・田舎での生活は不便ながらも、自然に囲まれていて毎日がすがすがしい。

✎2級－91「AながらB」と類似。

56 Aなくして/なくしてはB

意味 AしないでB。AがなければB。

例文
・みなさんの協力なくしては、完成させることはできませんでした。
・失敗をおそれない勇気なくしては、新しいものを生み出すことはできない。
・みなさんのご支援なくしては当選できません。どうぞ一票を田中候補にお願いします。
・涙なくしては語ることができないほど彼の半生は苦労の連続だった。

✎1級－57「Aなしに/なしにはB」と類似。

57 Aなしに/なしにはB

意味 AしないでB。AがなければB。

例文
・飛行機は何の連絡もなしに、突然消息を断(た)った。
・妻の協力なしには、事業の成功はありえませんでした。
・国の両親からの仕送りなしには、物価が高い日本での留学生活は続けられない。
・地震は何の予告もなしに、突然襲ってくる。
・X国はビザなしには、入国できない。

✎1級－56「Aなくして/なくしてはB」と類似。

58 Aならでは/ならではの

意味 Aだけにある。A以外にはない。

例文
・彼ならではのすばらしい作品だった。
・当レストランならではの料理をお楽しみください。
・居心地(いごこち)のよさ、行き届いたサービスは、このホテルならではだ。(居心地：そこに居やすいとか居にくいとかの気持ち)
・大型画面ならではの迫力に圧倒される。

59 AなりB

意味 AするとすぐにB。

例文
・疲れていたのか、夕飯を食べるなり、寝てしまった。
・帰宅するなり、また出かけてしまった。
・知らせを聞くなりショックで彼は座りこんでしまった。
・お酒に弱いA君はビールをコップに1杯飲むなり寝てしまった。

60 AなりBなり

意味 AするかBするかして。

例文
・熱があるなら、薬を飲むなり、氷で冷やすなりしたほうがいいですよ。
・入学願書は志望校へ電話をするなり、はがきを出すなりして、自分で取り寄せてください。
・すごい持ち物ですね。部屋が狭いのだからいらないものは、人にあげるなり、捨てるなりしたらどうですか。
・今日は天気がいいから、洗濯するなり、布団を干すなりしたほうがいいですよ。

✎動詞(辞書形)+なり
✎後ろに、命令、助言などの文が来ることが多い。

▼▼ 練習 ▼▼

次の文の ＿＿＿＿＿ にはどんな言葉を入れたらよいか。①、②、③、④から最も適当なものを１つ選びなさい。

1 愛 ＿＿＿＿＿ 、子どもを育てることはできない。

① なくして ② とあれば ③ とあって ④ ないまでも

2 愛情 ＿＿＿＿＿ 結婚しても、長続きはしない。

① ないで ② なくて ③ なしに ④ なくても

3 足を捻挫（ねんざ）し ＿＿＿＿＿ 、痛みにたえて彼は最後まで試合を続けた。

① ながらも ② ながらに ③ ながらで ④ ながらは

4 その花火はマッチで火をつける ＿＿＿＿＿ 爆発した。

① なら ② なり ③ なって ④ なった

5 彼は独身主義者とは言わ ＿＿＿＿＿ 、今のところは結婚する気はないそうだ。

① ないことには ② ないまでも ③ ないではない ④ ないではすまない

6 横浜は港町 ＿＿＿＿＿ の異国情緒（いこくじょうちょ）あふれる町である。

① ならでは ② たりとも ③ さえでは ④ にほかならない

7 ＿＿＿＿＿ ながらに障害を持った子どもたちが自立するための施設をもっと作るべきだ。

① 生ま ② 生まれた ③ 生まれ ④ 生まれて

8 泥棒はパトカーの音を聞く ＿＿＿＿＿ 逃げ出した。

① なり ② きり ③ こそ ④ ばかり

9 「君が本気でアメリカの大学院で勉強したいと言うのなら、推薦状を書か ＿＿＿＿＿ よ」と教授は言ってくださった。

① ないことでもない ② ないのでもない ③ ないそうでもない
④ ないものでもない

10 もう８時よ。いつまでもテレビを見ていないで、勉強する ＿＿＿＿＿ お風呂に入る ＿＿＿＿＿ しなさい。

① と/を ② や/など ③ なり/なり ④ たり/たり

11 両親は口では厳しいことを言い ＿＿＿＿＿ 、いつも私のことを心配してくれている。

① がてら ② ながらも ③ なのに ④ ついでに

12 病気が完治すれば再就職できない ＿＿＿＿＿ 。

① ことでもない ② のでもない ③ ものでもある ④ ものでもない

13 血液製剤によるエイズ感染者たちと支援団体は不安だらけの現状を涙 ＿＿＿＿＿ 訴えた。

① ながらか ② ながらで ③ ながらに ④ ながらの

14 あの先生は予告 ＿＿＿＿＿ テストをする。

① なければ ② ないで ③ なしに ④ ないに

15 京都は古都 ＿＿＿＿＿ 落ちつきのある街だ。

① ならでは ② ならではの ③ ながらに ④ ながら

16 新米の警察官は死体を ＿＿＿＿＿ 、気絶(きぜつ)してしまった。

① 見たなり ② 見たすぐ ③ 見るなり ④ 見るすぐ

17 定年退職後は再就職する ＿＿＿＿＿ 、趣味を楽しむ ＿＿＿＿＿ したほうがいい。ぶらぶらしているだけだと、早く老ける。

① なり/なり ② や/を ③ と/を ④ つつ/つつ

18 毎日とはいわない ＿＿＿＿＿ 、せめて週に一度ぐらいは掃除したほうがいい。

① までも ② までを ③ までに ④ までと

19 法的な手続き ＿＿＿＿＿ ほかの国に入国することを密入国という。

① ないまでも ② ないものでもなく ③ ならでは ④ なしに

20 ご両親が心配しているだろうから、時には手紙を ＿＿＿＿＿ 電話をするなりしなさい。

① 書かないなり ② 書くなり ③ 書くか ④ 書いたり

21 このレストランは、海辺の町 ＿＿＿＿＿ の新鮮な魚介類を使った料理で有名だ。

① ならには ② ならにも ③ ならでは ④ ならでも

22 庭は小さい ＿＿＿＿＿ 池があって金魚が泳いでいた。

① ながらも ② ながらに ③ ながらで ④ ながらは

23 相手にけがをさせたのだから、あやまらないでは ＿＿＿＿＿ と思う。

① すまない ② しない ③ ならない ④ ことはない

24 彼女は生まれ ＿＿＿＿＿ 、目のぱっちりとしたかわいい子だった。

① ながらも ② ながらに ③ ながらで ④ ながらは

25 みるみる元気になってきた。この調子なら意外に早く退院できない ＿＿＿＿＿ 。

① でない ② ものでもない ③ からもない ④ ものはない

26 反省 ＿＿＿＿＿ 、進歩もない。

① なくしては ② ないは ③ なくしたは ④ なかったは

27 彼は犯行に加わっては ＿＿＿＿＿ 、犯行グループと関係はあるらしい。

① おくまでも ② あるまでも ③ いるまでも ④ いないまでも

28 何か悲しい知らせだったらしい。手紙を読む ________ 泣き出した。

① すぐ ② なり ③ から ④ きり

29 「このお金で、服を買う ________ 、おいしいものを食べる ________ しなさい」と父は気前(きまえ)よく小遣い(こづかい)をくれた。

① つつ/つつ ② たり/たり ③ なり/なり ④ や/や

30 相手の了解 ________ 、契約内容を勝手に変更することはできない。

① ないでは ② なくして ③ ないまでも ④ ないものでもない

31 法廷で殺人犯は ________ ながらに、自分の罪を認めた。

① 自分 ② 悪い ③ 涙し ④ 涙

32 私が目を離したすきに子どもがお店の商品をこわしてしまった。弁償し ________ 。

① ないでいる ② ないでいない ③ ないでもすむ ④ ないではすまない

33 彼の演技はベテラン俳優 ________ の貫禄がある。

① にほかならない ② ならでは ③ らしい ④ ばかり

34 誰か手伝ってくれる人がいれば ________ ない。

① 引き受けるものでも ② 引き受けないものでも ③ 引き受けたことでも
④ 引き受けなかったことでも

35 彼女の勇気ある行動 ________ 、今回の事件は解決しなかった。

① ないまでも ② ないものでもない ③ なくしては ④ ないより

36 努力 ________ 、今の豊かな生活を手に入れることはできなかっただろう。

① なしに ② ないに ③ あっては ④ あったら

37 うちのキッチンは狭い ________ 、使いやすい。

① うえに ② にあたり ③ ながらも ④ と共に

38 急に飛び出してきたとはいえ、こちらが車で相手は自転車だったし、軽傷でも入院しているのだから、こちらの非を ________ すまないだろう。

① 認めては ② 認めないでは ③ 認めるは ④ 認めたは

39 毎日朝昼晩と料理し ________ 、インスタント食品ばかり食べていないで、たまには料理しなさい。

① ないどころか ② ないというより ③ ないまでも ④ ないにあたり

40 私のミスでこんなことになってしまった。責任をとら ________ と思う。

① なくてすまない ② ないではすまない ③ ないでない ④ ないはない

7課（61～70）解説と例文

61 AなりにB

意味 Aとしての立場でB。A相応にB。

例文
・私は私なりに将来のことをまじめに考えているつもりだ。
・どんなに幸せそうに見えても、人にはその人なりに悩みがあるものだ。
・同じ役でも違う俳優が演じると、その俳優なりに個性があっておもしろい。
・若者は若者なりに、大人とは違った価値観で人生を真剣に考えているのだ。

62 Aにあたらない/にはあたらない

意味 Aするのは見当違いだ。Aする必要はない。Aしなくてもいい。

例文
・年齢差が10歳違いの夫婦なんて驚くにあたらない。最近では親子ほど年が違う結婚もめずらしくなくなった。
・失敗したからといって落胆（らくたん）するにはあたりません。最初は誰でもうまくいかないものです。
・へそを出して歩いているからといって非難するにはあたらない。あれも若者たちにすれば、自己を表現する手段なんだから。
・今度の試験が悪かったからといって悲観するにはあたらない。次の試験でがんばればいいじゃないか。

63 AにあってB

意味 Aという状況、時、場合においてB。

例文
・忙しい生活にあって、ゆとりを持つことを忘れないでいるのは難しい。
・どんなに厳しい状況にあっても、彼は笑顔を絶やさない。
・誰からも援助を得られない中にあって、彼はひとりでがんばっている。
・仕事がうまくいかない状況にあって、どうしたらいいか、悩んでいる。

64 Aに 至る/至るまで/至って/至っては/至っても

意味 ①Aまで。 ②A（極限状態）になって。

例文
・登山口から頂上に**至**（いた）**る**道は、よく整備されていて、歩きやすかった。 →①
・北部から南部**に至る**全地域で、テレビが見られるようになった。 →①
・死亡事故が発生する**に至って**、やっと信号機が設置された。 →②
・癌（がん）が全身に転移する**に至っては**、手術のしようがなかった。 →②

65 Aにかかわる

意味 Aに関係する/を左右する/に影響する。

例文
・あなたの将来**にかかわる**ことだから、進路についてはよく考えるべきだ。
・医者や看護婦など医療**にかかわる**人たちには日曜も祝日もない。
・命**にかかわる**病気ではありませんから安心してください。
・彼は福祉**にかかわる**仕事をしている。
・米の収穫は、その年の天候に大きく**かかわっている**。

66 Aにかたくない

意味 簡単にAできる。

例文
・失業している彼が金に困っていることは察する**にかたくない**。
・彼女が母親に死なれて、気を落としているだろうことは、想像する**にかたくない**。
・テレビを見て育った子どもたちがテレビゲームに熱中するのは想像**にかたくない**。
・田舎に住んでいる人が都会に憧れる心情は理解**にかたくない**。

✎「想像（する）」「理解（する）」などとともに用いられる。書き言葉的。

67 Aにして

意味 ①A（時間、場所、状況）の強調。 ②Aでもできないのだから、それより程度の低いものは当然できない。

例文
・火事で家は全焼したが幸い**にして**、家族は全員無事だった。 →①
・今**にして**思えば、彼女には少し変なところがあった。 →①
・彼は3歳**にして**、ひらがなが全部読めるようになった。 →①
・クラスで一番成績のよい彼**にして**答えられない問題が私に答えられるわけがない。 →②
・先生**にして**解けない問題なのだから、私ができるわけがない。 →②

68 A に 即して/即しては/即しても/即した

意味 A に合わせて、合って、合った。

例文
・現実に即して考える。
・政府には、実情に即した対応をしてもらいたい。
・事実に即して、討論しよう。
・規定に則しても、君のほうが間違っている。

✎最後の例文のように基準に従う意味の場合は「則」を用いる。

69 A に たえる/たえない

意味 ① A する価値がある/ない。 ②とても A だ。(強調)

例文
・彼の論文は読むにたえないものだ。ひどすぎる。 →①
・彼のスピーチは聞くにたえないものだった。 →①
・いじめを苦にした田中君の死は両親にとっては悲しみにたえないものだった。 →②
・大臣が誤解を招くような発言をしたことは、まことに遺憾にたえません。 →②
・あの人の言葉づかいは乱暴で聞くにたえない。

✎②は「A（名詞）+にたえない」の形。
✎あまりにひどくて、〜できないというときにも使われる。(最後の例文)
✎①は、1級−70「A に足る/足らない」と類似。

70 A に 足る/足らない

意味 A だけの価値が十分ある/ない。

例文
・彼は信頼するに足(た)る人物だ。
・田中さんには話しても大丈夫だ。彼女は信用するに足る人だ。
・そんなに小さなことは、論ずるに足らない。
・取るに足らない話だ。気にするな。
・予想どおり満足するに足る成績だった。

✎動詞は辞書形（信頼するに足る)。名詞（信頼に足る)。
✎1級−69「A に たえる/たえない」の①と類似。

▼▼ 練習 ▼▼

次の文の ＿＿＿＿＿ にはどんな言葉を入れたらよいか。①、②、③、④から最も適当なものを１つ選びなさい。

1 のんびりしていると言われるが、＿＿＿＿＿ 将来のことは考えている。

① 私なり　② 私に　③ 私なりに　④ 私なりで

2 不況下 ＿＿＿＿＿ 、逆に成長している産業もある。

① にあれば　② から　③ によって　④ にあって

3 事故で子どもを失った両親の悲しみは、＿＿＿＿＿ にかたくない。

① 世界　② 精神　③ 考え　④ 想像

4 消費者の動向に ＿＿＿＿＿ 販売戦略を考えないと、会社として生き残れない。

① 即したの　② 即した　③ 即しての　④ 即の

5 遊んでばかりいるように見えても、＿＿＿＿＿ 努力はしている。

① 彼に　② 彼が　③ 彼なり　④ 彼なりに

6 地震で交通が遮断されている ＿＿＿＿＿ 、離ればなれになった家族となかなか連絡が取れなかった。

① ためにあって　② 中にあって　③ ためであって　④ 中あって

7 信じていた夫に裏切られた妻の驚きは、想像 ＿＿＿＿＿ 。

① かたくない　② のかたくない　③ にかたくない　④ がかたくない

8 交通法規 ＿＿＿＿＿ 則して、運転しなければならない。

① と　② が　③ に　④ を

9 ＿＿＿＿＿ 真剣に考えて決めたことだ。

① 私なりで　② 私なりに　③ 私なりの　④ 私なり

10 全財産を失う ＿＿＿＿＿ 至り、やっとだまされたことに気がついた。

① のに　② と　③ に　④ へ

11 長年働いてきた職場を去る定年退職者の気持ちは想像 ＿＿＿＿＿ かたくない。

① が　② に　③ の　④ で

12 賞をもらった小説家の２作目は期待に反して ＿＿＿＿＿ にたえない作品だった。

① 読める　② 読む　③ 読まない　④ 読んだ

13 犯罪を犯すには ＿＿＿＿＿ 理由があったはずだ。

① それなり　② それと　③ それなりが　④ それなりの

14 帽子 ______ 靴に至るまで、すべて新しく買いそろえた。

① と　② に　③ の　④ から

15 父が亡くなったあと女手ひとつで育ててくれた母の苦労は想像に ______ 。

① できる　② できない　③ かたい　④ かたくない

16 その演奏は十分、鑑賞に ______ ものだった。

① たえるの　② たえたの　③ たえての　④ たえる

17 彼が何を言っても、 ______ 。いつも夢みたいなことばかり考えているんだから。

① 驚くにあたる　② 驚くにあたらない　③ 驚きにあたる　④ 驚きにあたらない

18 疲労と栄養失調で目が見えなくなるに ______ 、彼は、研究をあきらめようとしなかった。

① 至って　② 至り　③ 至っても　④ 至りも

19 プロの選手 ______ 失敗するのだから、素人（しろうと）の私が失敗しても許されるだろう。

① して　② にて　③ にして　④ にし

20 不平不満ばかり言う彼の話は聞く ______ 。

① をたえない　② にたえない　③ をたえる　④ にたえる

21 一度ぐらい失敗したからといって、あきらめる ______ 。いつかきっと成功する日が来る。

① にあたる　② あたらない　③ にあたらない　④ あたる

22 息子が ______ に至って、初めて、母親は子離（こばな）れしなければならないと気づいた。

① 結婚した　② 結婚して　③ 結婚し　④ 結婚する

23 交通事故にあったが、彼女は ______ して、けが一つせずに助かった。

① 幸い　② 幸いに　③ 不幸　④ 不幸に

24 20年ぶりの母校の野球チームの優勝を目（ま）のあたりにして感 ______ 。

① がたえる　② がたえない　③ にたえる　④ にたえない

25 あなたが ______ あたらない。悪いのは彼だ

① あやまりには　② あやまったには　③ あやまるには　④ あやまりに

26 欠陥商品を販売したとあっては会社の信用に ______ 。

① かける　② かかる　③ かけた　④ かかわる

27 彼は40歳 ______ 子どもに恵まれた。

① にてはじめ　② にてはじめて　③ にしてはじめて　④ にしてはじめ

28 信頼する ______ 友人を得ることは難しい。

① の足る　② が足る　③ に足る　④ を足る

29 冬だから寒いのではと心配するには ＿＿＿＿＿ 。台湾は冬でも20度以上ある。

① 必要ない　② あわない　③ あてない　④ あたらない

30 コンピューターに ＿＿＿＿＿ 仕事をしているので、ストレスが多いです。

① 使う　② 使った　③ かかわる　④ かかった

31 あの慎重な彼にして ＿＿＿＿＿ 、私たちが失敗してもしかたがない。

① 成功したから　② 成功しただから　③ 失敗したから　④ 失敗したのだから

32 彼は信頼する ＿＿＿＿＿ 男だ。彼にまかせておけば問題はない。

① に足らない　② に足る　③ に足りない　④ に足りた

33 どんな状況 ＿＿＿＿＿ 、彼は冷静さを失わなかった。

① はあっても　② であっても　③ のあっても　④ にあっても

34 病状は命に ＿＿＿＿＿ ではありませんが、しばらく安静にしているほうがいいでしょう。

① かかわった　② かかわったほど　③ かかわる　④ かかわるほど

35 その件については現実 ＿＿＿＿＿ 即してもう一度考えてみる必要がある。

① を　② で　③ へ　④ に

36 他人の無責任な言動など問題にするに ＿＿＿＿＿ 。大切なのは、あなた自身の気持ちだ。

① たえない　② たえる　③ ならない　④ 足らない

37 就職難の年 ＿＿＿＿＿ 、就職浪人(ろうにん)する学生が増えている。

① にあって　② からあって　③ あって　④ からあって

38 これは全体 ＿＿＿＿＿ 問題だからひとりで考えずにみんなと相談したほうがよい。

① のかかわる　② をかかわる　③ にかかわる　④ とかかわる

39 今までの経験に ＿＿＿＿＿ あなたが一番よいと思う方法でやってみなさい。

① あって　② 即した　③ 即して　④ 即で

40 2万円のディナーはちょっと高すぎると思ったが、その味は ＿＿＿＿＿ に足るものだった。

① 満足しない　② 満足する　③ 満足しなかった　④ 満足した

8課（71～80）解説と例文

71 AにひきかえB

意味 Aと反対にB。

例文
・昨年にひきかえ、今年は暖冬だ。
・何事にも娘に甘い父にひきかえ、母は厳しい。
・無口な兄にひきかえ、弟は社交家だ。
・田舎で見た夜空の星の数の多さは感動的だった。それにひきかえこの都会の夜空の星の少なさは……。

72 AにもましてB

意味 A以上にB。

例文
・12月になり、前にもまして寒くなってきた。
・入試まであと2週間。以前にもまして眠れない日が続いている。
・猛暑と言われた去年にもまして、今年の夏は暑い。
・前回にもまして、今回のテストは難しかった。

73 Aの至り

意味 最高に、A（感情・気持ち）だ。

例文
・こんなに親切にしていただき恐縮の至り（いた）です。
・ノーベル賞をいただき光栄の至りです。
・あなたの度重なる親切には感謝の至りです。
・先生におほめいただき、光栄の至りと感激しております。
・若気（わかげ）の至りとはいえ、失敗を重ね、恥ずかしいです。（若気の至り：若い人の無分別な気持ちが行き着く結果を表す慣用表現）

✎1級－5「A限りだ」と類似。

74 Aの極み

意味 Aが極限まで達している。もっともAだ。

例文
・自殺して親より先にあの世に行くなんて、親不孝の極（きわ）みだ。
・最優秀作品に選ばれたことは光栄の極みです。
・金メダルこそスポーツ選手にとって栄光の極みだ。

・ぜいたく**の極み**のようなパーティーだった。
・全財産を失うという不幸**の極み**に至って、逆に一からやり直す勇気がわいてきた。

75 AはおろかB

意味 Aはいうまでもなく B（も）。

例文 ・詐欺（さぎ）にあい、家**はおろか**土地までとられてしまった。
・事故でけがをして、走ること**はおろか**歩くこともできない。
・彼は震災で家**はおろか**、家族まで失った。
・車で１時間走っても、その砂漠地帯には木**はおろか**草一本生えていなかった。

✎２級－82「A どころか B」と類似。

76 AばこそB

意味 A からこそ B。

例文 ・お金があれ**ばこそ**、留学できるのです。
・あなたのことを思え**ばこそ**、忠告しているのです。
・親は子どものことを思え**ばこそ**、しかるのだ。
・厳しくしつけるのは子どもを愛すれ**ばこそ**だ。

77 Aばそれまでだ

意味 A したら、それで終わりだ。A したら何もない。

例文 ・一生懸命勉強しても、試験に落ちてしまえ**ばそれまでだ**。
・いくら注意しても、本人にそれを聞く気がなけれ**ばそれまでだ**。
・お金をたくさん持っていても、死んでしまえ**ばそれまでだ**。
・いくら性能がよい機械でも、使いこなせなけれ**ばそれまでだ**。

78 ひとりAだけでなく/ひとりAのみならず

意味 A ばかりでなく。

例文 ・日米貿易摩擦は**ひとり**両国**のみならず**ほかの国にも大きな影響を与えている。
・ゴミ問題は**ひとり**日本**だけでなく**世界的な問題だ。
・いじめの問題は**ひとり**教育界の問題**のみならず**、社会全体の問題だ。
・今回の勝利は**ひとり**チームメンバー**だけでなく**、応援団の力強い声援があったからこそのものだ。

79 Aべからず/べからざる

意味 ①Aしてはいけない。 ②Aすべきではない。

例文
・これより先、危険！入るべからず。 →①
・ペンキ塗り立て。手を触れるべからず。 →①
・関係者以外入るべからず。 →①
・彼の行った不正は許すべからざる不法行為だ。 →②
・彼は会社にとって必要欠くべからざる人材だ。 →②

✎①は禁止事項を表示（掲示）するときなどに使用。

80 Aべく

意味 Aするために。Aしようとして。

例文
・定年退職後、海外に移住すべく今から準備を進めている。
・英国へ留学するべく貯金をしている。
・彼を見舞うべく、病院へ行った。
・歌手になるべく歌のレッスンに通っている。

✎Ⅰグループ 読む→読むべく
Ⅱグループ 食べる→食べるべく
Ⅲグループ 来る→来るべく
する→するべく、すべく

▼▼ 練習 ▼▼

次の文の ＿＿＿＿＿ にはどんな言葉を入れたらよいか。①、②、③、④から最も適当なものを１つ選びなさい。

1 市長にもなった父親 ＿＿＿＿＿ 、息子は30歳になった今もぶらぶらしているだめな男だ。
　① をひきかえ　② のひきかえ　③ にひきかえ　④ へひきかえ

2 私のような経験の浅い者を採用していただき、光栄 ＿＿＿＿＿ です。
　① と至り　② に至り　③ の至り　④ 至り

3 長いあいだあこがれていた歌手に会えるなんて、感激 ＿＿＿＿＿ 。
　① 至りです　② の至りです　③ に至りです　④ 至るです

4 君のことを ＿＿＿＿＿ 、こうして注意しているのだ。
　① 思うこそ　② 思えばこそ　③ 思ったらこそ　④ 思えこそ

5 包装ゴミの問題については、ひとり行政 ＿＿＿＿＿ 商品を生産している企業としても考えなければならない。
　① のみで　② だけで　③ のみならず　④ かかわらず

6 コンピューター化されているＡ社 ＿＿＿＿＿ 、Ｂ社にはワープロさえない。
　① にひかえ　② にひきかけ　③ にひき　④ にひきかえ

7 あなたのことを信頼 ＿＿＿＿＿ 、こうして相談しているのです。
　① するこそ　② しているこそ　③ したこそ　④ していればこそ

8 高齢化の問題はひとり高齢者 ＿＿＿＿＿ 、社会全体の問題として考えてゆかなければならない。
　① だけで　② ばかりで　③ のみで　④ のみならず

9 同じ業界でもＡ社がぐんぐん業績を伸ばしている ＿＿＿＿＿ 、Ｂ社は倒産しそうだという。
　① をひきかえ　② のにひきかえ　③ がひきかえ　④ はひきかえ

10 第１志望の大学に入れて、奨学金までもらえるなんて、感激 ＿＿＿＿＿ です。
　① ずくめ　② の心　③ の気持ち　④ の極み

11 あなたのことを信用 ＿＿＿＿＿ 、こうしてお金を貸すのです。
　① せばこそ　② してばこそ　③ していればこそ　④ していれこそ

12 ここにゴミを ＿＿＿＿＿ 。
　① 捨てべからず　② 捨ててべからず　③ 捨てるべからず　④ 捨てたべかず

13 田中さんの家は母親が子どもの教育に熱心な ＿＿＿＿＿ 父親は子どもの教育には無関心だ。
　① がひきかえて　② がひきかえ　③ にひかえ　④ のにひきかえ

14 やっと夢がかなって結婚式をあげられることになった。 ＿＿＿＿＿ 極みです。

① 幸せ　② 幸せの　③ 不幸　④ 不幸の

15 みんなあなたのことを ＿＿＿＿＿ 、心配しているのです。

① 思うこそ　② 思いたこそ　③ 思えこそ　④ 思えばこそ

16 これより先、関係者以外 ＿＿＿＿＿ 。

① いるべからず　② いるべし　③ 入るべからず　④ 入るべし

17 新装開店したレストランは ＿＿＿＿＿ 、雰囲気のいい店になった。

① 前からまして　② 前にました　③ 前もまして　④ 前にもまして

18 自分が提案した企画が会社に認められ、採用されることになった。感激 ＿＿＿＿＿ 極みだ。

① の　② は　③ を　④ に

19 鍵があっても、鍵を ＿＿＿＿＿ 、それまでだ。

① かければ　② かけたら　③ かけなければ　④ かけては

20 契約車 ＿＿＿＿＿ 駐車するべからず。

① のみ　② のぞく　③ かぎり　④ 以外

21 新しいショーが始まった東京ディズニーランドは以前 ＿＿＿＿＿ まして大勢の人でにぎわっている。

① からも　② も　③ にも　④ でも

22 必死の救援作業にたずさわった人たちも、2日目ともなると、 ＿＿＿＿＿ に達した。

① 疲労極み　② 疲労　③ 疲労の極み　④ 疲労に極み

23 スーツケースにしっかり鍵をかけても、スーツケースごと盗まれてしまえば ＿＿＿＿＿ 。

① あれまでだ　② それだけだ　③ それまでだ　④ 最後だ

24 ペット連れで公園内を散歩する ＿＿＿＿＿ 。

① べからない　② べきでなし　③ なし　④ べからず

25 無理をしたため彼の病気は前 ＿＿＿＿＿ ひどくなった。

① にもます　② にもまさず　③ にもましで　④ にもまして

26 ゴーストタウンになったこの町は、 ＿＿＿＿＿ ネズミ一匹いない。

① 人はおろか　② 人おろか　③ 人もおろか　④ 人がおろか

27 競走馬も年をとって走れなくなってしまえば ＿＿＿＿＿ 。

① これまでだ　② それまでだ　③ 最後までだ　④ それだ

28 入院している母親に早く元気になって ＿＿＿＿＿ べく、子どもたちはさびしいのをがまんして留守を守っている。

① くれる　② あげる　③ もらう　④ もらえる

29 結婚が決まった明子さんは前 ＿＿＿＿ きれいになった。

① にもます　② にもまさず　③ にもましで　④ にもまして

30 倹約家の彼は、包装紙はおろか、輪ゴム一本無駄に ＿＿＿＿ 。

① する　② しない　③ した　④ していた

31 10万円もするワインも、飲んでしまえば ＿＿＿＿ 。

① それからまでだ　② それでだ　③ ないまでだ　④ それまでだ

32 代議士を ＿＿＿＿ 、警察が動き出した。

① 逮捕べく　② 逮捕すべき　③ 逮捕するべき　④ 逮捕すべく

33 こんなに遠くまで訪ねてきていただき恐縮 ＿＿＿＿ 至りです。

① だの　② での　③ の　④ に

34 きれい好(ず)きの彼女の部屋はゴミ ＿＿＿＿ 、ちりひとつ落ちていない。

① がおろか　② おろか　③ のおろか　④ はおろか

35 就学生のビザの問題は、ひとりわが校 ＿＿＿＿ すべての日本語学校にとって頭の痛い問題だ。

① のみで　② のみなら　③ のみならば　④ のみならず

36 アメリカへ ＿＿＿＿ 、英会話を習っている。

① 留学するべき　② 留学すべく　③ 留学すべき　④ 留学べく

37 夕食にご招待いただき、そのうえお土産までいただいて、恐縮 ＿＿＿＿ 。

① 至りです　② で至りです　③ の至るです　④ の至りです

38 遭難して３日目ともなると食べものは ＿＿＿＿ 水もなくなった。

① あるが　② ひきかえ　③ おろか　④ まして

39 地球は ＿＿＿＿ われわれ人間のみならず、そこに住む生き物全体の共有財産である。

① ばかり　② だけの　③ ひとり　④ ひとりの

40 ８月に ＿＿＿＿ 、今一生懸命執筆している。

① 出版すべし　② 出版すべく　③ 出版ために　④ 出版すべき

9課（81〜90）解説と例文

81 Aにあるまじき

意味 Aとしてあるべきではない。Aとしてあってはならない。

例文
・ビールを飲んで騒ぐなんて高校生にあるまじきことだ。
・飲酒運転をするとは、教育者にあるまじき行為だ。
・患者の病状を他人にしゃべるなんて医者にあるまじき行為だ。
・盗みをするなんて警官にあるまじき行為だ。

✎Aは人。

82 Aまでだ/までのことだ

意味 Aだけだ、それ以上ではない。

例文
・せっかくここまで登ったが、なだれのおそれがあるなら、下山するまでのことだ。
・給料が上がらないなら、会社をやめるまでだ。
・近くを通りましたので、お寄りしてみたまでです。
・雨が降りはじめたが、傘がないのだから、しかたがない。ぬれていくまでだ。

✎動詞＋までだ/までのことだ

83 Aまでもない/までもなく

意味 Aの必要がない。Aの必要もなく。

例文
・日本の首都はいうまでもなく、東京です。
・試験は全然できなかったから発表を待つまでもなく不合格にきまっている。
・陳さんはいうまでもなく中国人です。
・A君は軽傷ですぐ退院するそうだから、みんなでお見舞いに行くまでもないだろう。
・引っ越しといっても独身で荷物も少しだというから手伝いに行くまでもないだろう。

84 Aまみれ

意味 Aが一面についてよごれている様子。

例文
・サッカーの選手は雨の中、泥まみれになってボールを追っている。
・クーラーのない部屋で、汗まみれになって、作業をしている。
・先日父は家の蔵（くら）から、ほこりまみれの家系図を見つけ出した。
・大事故だったらしい。血まみれのオートバイと車が現場に残されていた。

✎名詞＋まみれ
✎2級－62「A だらけ」と類似。

85 A めく

意味 A のような/ A のようだ。

例文
・そんな子ども**めいた**ことは言うな！
・日一日と春**めいて**きて、梅の花も咲き出した。
・まじめに話しているとき、冗談**めいた**ことは言うな。
・夫婦なのに、他人**めいた**こと言わないでよ。

✎「A めいてくる」の形で「A らしくなる」の意味にも使われる。（2番目の例文）

86 A もさることながら B

意味 A はもちろんだが、そればかりでなく B。

例文
・このドラマはストーリーのおもしろさ**もさることながら**、女優 X の演技で評判となっている。
・このレストランの料理は味**もさることながら**、盛りつけが美しく目も楽しませてくれる。
・アイドル歌手の Y は、歌**もさることながら**、気さくな性格でも人気をとっている。
・○○タクシーの運転手さんは運転技術**もさることながら**、お客さまへの応対も丁寧だ。

87 A ものを B

意味 A のに B。

例文
・もう少しがんばればオリンピックに出られる**ものを**、途中で放棄するなんて。
・もう少し勉強すれば合格できた**ものを**。
・言ってくれれば貸してあげた**ものを**。
・あなたがそのパーティーに出席すると知っていたら、私も出席した**ものを**。

✎B を省略して言う形では、A しなくて、残念だという気持ちを表す。

88 A や/や否や B

意味 A するとすぐ B。A するかしないかのうちに B。

例文
・帰宅するや、愛犬が飛びついてきた。
・泥棒は、私の顔を見るや否(いな)や逃げ出した。
・私に借金をしている山田さんは、私の顔を見るや言いわけを始めた。
・ラッシュ時のホームではドアが開くや否や乗客が、どっと電車からなだれ出た。

✎2級－60「A たとたん（に）B」、1級－10「A が早いか B」と類似。

89 A ゆえ/ゆえに/ゆえの B

意味 A のため B。A だから B。

例文
・英国と日本は同じ島国であるが**ゆえに**、両国の国民性は似ていると言われている。
・日本は天然資源に乏しいが**ゆえに**、工業原材料を海外からの輸入に依存している。
・A は B に等しい。B は C に等しい。**ゆえに**、A は C に等しい。(数学)
・病気ではなく年齢**ゆえの**眼の衰えと知って安心すると同時に老いを感じてしまった。
・彼の新作はその斬新(ざんしん)さ**ゆえに**攻撃され批判されている。
・小さな子ども**ゆえ**、失礼はお許しください。

90 A をおいて B ない

意味 A 以外には、B ない。

例文
・結婚相手は彼**をおいて**ほかにはいないと思ったから彼との結婚を決めました。
・彼女を説得できるのは、A さん**をおいて**ほかに適任者はいない。
・私の部屋に合うテーブルはこの白くて丸いの**をおいて**ほかにない。
・この役にぴったりの女優は彼女**をおいて**ほかにいるだろうか（いない）。

✎最後の例文では、「彼女をおいてほかにいない」ということを実質的に言っている。

▼▼ 練習 ▼▼

次の文の ＿＿＿＿ にはどんな言葉を入れたらよいか。①、②、③、④から最も適当なものを１つ選びなさい。

1 業者から賄賂（わいろ）を受け取るとは、役人にある ＿＿＿＿ 行為だ。
　① ましだ　② まじき　③ まじか　④ までだ

2「お母さん、座席が空いたわよ。」「あと１駅だけだから、座る ＿＿＿＿ わよ。」
　① までじゃない　② までもない　③ までにない　④ までない

3 体の大きさ ＿＿＿＿ 、声の大きさでも彼は目立っている。
　① もかまわず　② ものか　③ ものの　④ もさることながら

4 ジャイアンツ・ファンの父は、ジャイアンツがサヨナラホームランを打たれる ＿＿＿＿ 否や、テレビを消して寝てしまった。
　① とたん　② すぐ　③ や　④ ところ

5 たばこを吸うなんて、高校生にある ＿＿＿＿ 行為だ。
　① までの　② まいか　③ ましだ　④ まじき

6 失業率は戦後最高。株価は下がる一方。 ＿＿＿＿ 、日本は不況だ。
　① 言わないまでもなく　② 言ったまでもなく　③ 言ってまでもなく
　④ 言うまでもなく

7 被災地の人々を救ったのは、行政の力 ＿＿＿＿ 、ボランティアの人々の協力も大きかった。
　① もさることながら　② ながら　③ ながらも　④ ながらに

8 アルコールに弱い田中さんは、ビールを１杯飲む ＿＿＿＿ 、寝てしまった。
　① やなり　② やすぐ　③ やとたん　④ や否や

9 欠けたお皿で料理を出すとは、高級料理店にある ＿＿＿＿ ことだ。
　① べき　② のではない　③ まじき　④ ことではない

10「たまには、掃除しなさいよ！ こんなほこり ＿＿＿＿ の部屋でよく暮らしていられるわね。」
　① まみれ　② まじき　③ まで　④ まし

11 チャンピオンの座を守るには、ボクシングの実力 ＿＿＿＿ 運も必要だと思う。
　① も限らず　② もさることながら　③ もかまわず　④ もかねず

12 ここは盆地 ＿＿＿＿ 、夏はかなり暑い。
　① ことに　② くせに　③ ゆえに　④ ように

13 賄賂（わいろ）を受け取って取り引き業者に便宜（べんぎ）をはかるとは、公務員にある ＿＿＿＿ 行為だ。
　① まじき　② ましだ　③ まい　④ までの

14 若いころは、毎日汗 ＿＿＿＿＿ になって働いたものだ。

① だけ　② しか　③ まみれ　④ ながら

15 あのブランドのバッグはデザイン ＿＿＿＿＿ さることながら品質も最高だ。

① に　② も　③ を　④ で

16 昔は親同士のお互いの利益 ＿＿＿＿＿ 政略(せいりゃく)結婚が多かった。（政略結婚：政治的経済的利益を得るために本人たちの意思を無視して、自分の子・弟妹などを結婚させること）

① ゆえの　② ものの　③ ことの　④ ための

17 社長である私の命令にしたがえないなら、君にはやめてもらう ＿＿＿＿＿ 。

① までもない　② まいか　③ までのことだ　④ まじき

18 暴行事件発生という連絡を受けた警官が現場にかけつけたときには、血 ＿＿＿＿＿ の男がひとり倒れているだけだった。

① きり　② まみれ　③ ばかり　④ だけ

19 相談してくれれば何とかしてあげられた ＿＿＿＿＿ 、知らなかったので何もしてあげられなかった。

① ところに　② ことに　③ ものを　④ からを

20 暴走族に入って遊びまわっていたことは、若さ ＿＿＿＿＿ ことと、今では、後悔している。

① から　② ゆえの　③ ため　④ よって

21 私の真意が国民に理解されないなら、大臣をやめる ＿＿＿＿＿ 。

① ばかりのことだ　② はずのことだ　③ 限りのことだ　④ までのことだ

22 私はプロレスは好きではない。血 ＿＿＿＿＿ になっても戦うなんておそろしい。

① の極み　② だけ　③ ずくめ　④ まみれ

23 ペットなど飼わなければ ＿＿＿＿＿ 、毎日世話しなければならないから旅行にも行けない。

① よいのを　② よいことを　③ よかったものを　④ よかったことを

24 A 国は戦時下 ＿＿＿＿＿ 、わずかな食糧しか手に入らない。

① なり　② ゆえ　③ さえ　④ きり

25 彼はいつも冗談 ＿＿＿＿＿ ことばかり言っているから、本当の気持ちがよくわからない。

① わいた　② かいた　③ まいた　④ めいた

26 副作用(ふくさよう)があるとはっきり言ってくれれば、飲まなかった ＿＿＿＿＿ 。

① ときを　② ことを　③ ところを　④ ものを

27 この会社には、コンピューターを使える人は田中さん ＿＿＿＿＿ ほかにはいない。

① を限りに　② をべつに　③ をおいて　④ をよそに

28 「父が日本へ留学しろ」と言ったから、日本へ来た ＿＿＿＿＿ 。本当はアメリカへ行きたかった。

① ままのことだ　② ましのことだ　③ までのことだ　④ まいのことだ

29 この問題を解決できるのは、彼 ＿＿＿＿＿ ほかにはいない。

① をとって　② をおいて　③ において　④ にとって

30 高校生にもなってまだそんな子ども ＿＿＿＿＿ ことを言っているの。

① めいた　② まいた　③ かいた　④ わいた

31 1本だけにしておけばよかった ＿＿＿＿＿ 、すすめられるままに、ビールを3本も飲んでしまい、翌日二日酔いになった。

① ことで　② ことを　③ ものを　④ もので

32 100人も入るレストランはこのあたりではあの店 ＿＿＿＿＿ ほかにはないだろう。

① をおいて　② をはじめ　③ をもとに　④ をこめて

33 この文型は初歩のときに習ったものだから、あらためて説明される ＿＿＿＿＿ です。

① までのことだ　② までだ　③ までもない　④ までにない

34 彼女はいつも皮肉 ＿＿＿＿＿ ことを言うので、誤解されやすい。

① かいた　② まいた　③ めいた　④ わいた

35 授業終了のチャイムが鳴る ＿＿＿＿＿ 、学生は本やノートをしまいはじめる。

① を　② が　③ に　④ や

36 次の首相はA氏 ＿＿＿＿＿ いないと思う。彼こそ首相にふさわしい人物だ。

① より　② きり　③ のみ　④ をおいて

37 「有名な女優のAさんが書いた本読んだ？」「読んだけど、全然おもしろくなかったわ。読む ＿＿＿＿＿ わよ。」

① つもりはない　② わけはない　③ はずはない　④ までのことはない

38 9月も中旬になると、急に ＿＿＿＿＿ くる。

① 秋めいて　② 秋がちに　③ 秋っぽく　④ 秋気味に

39 バーゲン会場のドアが開く ＿＿＿＿＿ 、人々はいっせいに会場になだれこんだ。

① や否や　② と否や　③ は否や　④ に否や

40 部員がひとり足りないからと言われて野球部に入った ＿＿＿＿＿ 。サッカー部でもよかった。

① ましだ　② ままだ　③ まじだ　④ までだ

10課（91〜99）解説と例文

91 Aを限りにB

意味 ①Aを最後にBする。　②Aを最大限Bする。

例文
・今日を**限り**に、会社をやめます。　→①
・毎年夏休みは富士山に登っていたが、足も弱くなってきたし、今年**を限りに**やめようと思っている。　→①
・山で道に迷ってしまったようだ。声**を限りに**叫んでみたが誰も答えなかった。→②

92 Aを皮切りにB

意味 AをはじめにB。AをきっかけとしてB。

例文
・あの作家は直木賞受賞**を皮切り**に次々に文学賞を総なめにしていった。
・この町の夏祭りは、花火大会**を皮切りに**3日間にわたっていろいろな行事が行われる。
・担当者の逮捕**を皮切りに**汚職事件の真相が次々と明らかになった。
・今度のイタリア出店**を皮切りに**彼は、ヨーロッパに進出しようとしている。

93 Aを禁じ得ない

意味 Aという気持ちをおさえることができない。

例文
・殺人犯に対する憎しみ**を禁じ得ない**。
・疑惑の渦中にいた政治家がまた政権を握るとは、**憤りを禁じ得ない**。（渦中：事件の混乱の中）
・詐欺にあい土地まで取られてしまったそうだ。同情**を禁じ得ない**。
・多くの国民に愛された喜劇俳優の死に哀惜の念**を禁じ得ない**。

✎感情を表す名詞＋を禁じ得ない
✎2級−71「Aてしょうがない」、2級−72「Aてたまらない」、2級−73「Aてならない」、2級−90「Aないではいられない」と類似。

94 AをもってB

意味 ① A によって B。A で B。 ② A を区切りとして B。

例文
- あの小説家は名文**をもって**知られる。 →①
- A 先生に文書**をもって**正式に執筆を依頼した。 →①
- 以上**をもって**会議を終わらせていただきます。 →②
- 彼の誠実さ**をもって**すれば、わかってもらえるだろう。

✎「〜をもってすれば、〜」という形で、「〜があれば、困難なことが実現できる」ということを表すこともある。（最後の例文）

95 AをものともせずにB

意味 A を問題にしないで B。A を気にしないで B。

例文
- コロンブスの乗った船は大荒れの海**をものともせずに**航海を続けた。
- 勇気ある青年は、燃えさかる火**をものともせずに**、火に包まれた家の中へ飛びこみ、子どもを助けた。
- 冬山救助隊はひどい吹雪**をものともせずに**、遭難者の救助のため山に入った。
- 彼は周囲の反対**をものともせず**、自分が正しいと思う道を歩み続けた。

✎ 1級－97「A をよそに B」と類似。1級－97が否定的な場合に使われるのに対して、積極的に何かする場合に使われる。

96 Aを余儀なくされる/を余儀なくさせる

意味 意志に反して、A しなければならなくなる。相手の意志に反して A させる。

例文
- 雨のため体育祭は中止**を余儀なくされた**。
- 震災で家を失った人々は避難所暮らし**を余儀なくされた**。
- 市の区画整理で今まで住んでいた場所が道路になることになり、引っ越し**を余儀なくされた**。
- ダンテは政治的な理由から亡命と放浪の生活**を余儀なくされた**が、その中で『神曲』を完成させた。

97 Aをよそに B

意味 Aに関係なくB。Aを考えずにB。Aを気にしないでB。

例文
- 祖父は心臓が悪いのに家族の心配をよそに、よく旅行に出かける。
- 大学は学生の反対運動をよそに、学費の値上げを強行した。
- 学生は校則をよそに、スカートの丈を短くしている。
- 政府は農民の反対をよそに、米の輸入自由化を決定した。

✎1級－95「Aをものともせずに B」と類似。1級－95が積極的に何かをする場合に使われるのに対して、否定的な場合に使われる。

98 Aんがため/んがために/んがための B

意味 AするためB。

例文
- 試合に勝たんがため、日夜練習に励んでいる。
- 彼女は転職せんがために、学校に通って技術を身につけようとしている。
- やせんがためにダイエットしている。
- 祖父は健康を維持せんがため、毎日散歩を欠かさない。

✎「ん」の前は「ない形」
Ⅰグループ　泣く→泣かんがため
Ⅱグループ　食べる→食べんがため
Ⅲグループ　くる→こんがため
する→せんがため

99 Aんばかりだ/んばかりに/んばかりの

意味 Aしそうだ/しそうに/しそうな。

例文
- いたずらをした生徒は先生にしかられ、泣き出さんばかりだった。
- 今にも雨が降り出さんばかりの空模様になってきた。
- 子どもにお菓子をやったら、その子の母親に迷惑だと言わんばかりの顔をされた。
- まるで私の話がうそだと言わんばかりに、彼女は鼻で笑った。

✎「ん」の前は「ない形」
Ⅰグループ　泣く→泣かんばかり
Ⅱグループ　食べる→食べんばかり
Ⅲグループ　くる→こんばかり
する→せんばかり

▼▼ 練習 ▼▼

次の文の ________ にはどんな言葉を入れたらよいか。①、②、③、④から最も適当なものを１つ選びなさい。

1 主人も定年退職したのだから、田中専務にお歳暮(せいぼ)を贈るのは今年 ________ しよう。(歳暮：1年世話になった礼の意味で、年末に贈物をすること)

① を限って ② に限って ③ を限りに ④ に限りに

2 家族の一員として、みんなでかわいがっていた犬のジョンが死んでしまった。悲しみ ________ 。

① を禁じ得る ② を禁じ得ない ③ を禁じ得よう ④ を禁じ得られる

3 大雪で新幹線が止まり、車内泊を ________ 。

① 余儀なかった ② 余儀なくなった ③ 余儀なくされた ④ 余儀なくさせた

4 あの議員は、当選 ________ に有権者の家を一軒一軒まわった。

① せんべく ② せずにはいられない ③ せんべき ④ せんがため

5 定年退職するA部長は今日 ________ 職場を去る。

① に限って ② に限り ③ を限りに ④ に限りに

6 何の罪もない子どもを誘拐して、殺すなんて、犯人に怒り ________ 。

① を禁じ得る ② を禁じ得ない ③ を禁じ得た ④ を禁じ得られる

7 労働力不足により建設計画は大幅な遅延を ________ 。

① 余儀なしだ ② 余儀なくされた ③ 余儀なかった ④ 余儀なくした

8 留学せんが ________ 、貯金に励(はげ)んでいる。500万円たまったら留学したいと思っている。

① ため ② から ③ ので ④ よって

9 あんなに仲がよかったのに、卒業 ________ 、電話もかけてくれない。

① をおいて ② を皮切りに ③ を限りに ④ をもとに

10 地震のおそろしさを身 ________ 経験した。

① がもって ② にもって ③ はもって ④ をもって

11 今回の事件の責任をとって、社長は辞職を ________ された。

① 余儀 ② 余儀ない ③ 余儀ないに ④ 余儀なく

12 ホームの向こう側にいた友達が、のどがはりさけ ________ 大声で私の名前を呼んだ。

① んきりの ② んばかりの ③ んだけの ④ んしかの

13 この試合 ________ 引退するつもりです。

① に限り ② で限りに ③ が限りに ④ を限りに

14 本日 ＿＿＿＿ 閉店させていただきます。長いあいだのご愛顧(あいこ)ありがとうございました。

① をもって ② からして ③ によって ④ をおいて

15 説明会は参加者が集まらなかったため、中止を余儀 ＿＿＿＿ された。

① ない ② をなく ③ がなく ④ なく

16 出かけようと思っていたら、雨が今にも降り ＿＿＿＿ の空模様になってきた。

① 出さんばかり ② 出すばかり ③ 出してばかり ④ 出さずばかり

17 このホテルのオーナーは50年ほど前、小さなホテルを手に入れたこと ＿＿＿＿ ホテル経営に乗り出し、今では「ホテル王」と呼ばれるまでになった。

① きっかけで ② を皮切りに ③ 機会から ④ をはじめ

18 これ ＿＿＿＿ 理事会を閉会させていただきます。

① をおいて ② を皮切りに ③ をはじめ ④ をもって

19 世界中の人々の非難 ＿＿＿＿ 、A 国は今でも核実験を続けている。

① を限りに ② をよそに ③ をもって ④ をおいて

20 新人歌手は突然歌詞を忘れてしまい、泣き出さ ＿＿＿＿ の顔でステージに立っていた。

① ざるをえない ② んとして ③ ないばかり ④ んばかり

21 その事件 ＿＿＿＿ 、同じような事件が相ついで起こった。

① を皮切りに ② をよそに ③ を限りに ④ をこめて

22 あなたの熱意 ＿＿＿＿ 、道は必ず開(ひら)けると思う。

① をもってして ② をもってすれば ③ をもってすると ④ をもってする

23 未熟児で生まれた子どもは両親の心配 ＿＿＿＿ すくすくと成長した。

① をべつに ② をほかに ③ をよそに ④ をそとに

24 彼らの熱演に、会場も ＿＿＿＿ ばかりの大喝采(だいかっさい)で応じた。

① 割れない ② 割れた ③ 割れて ④ 割れん

25 駅前の一等地に土地を買ったの ＿＿＿＿ 、次々に土地を買い、不動産屋として成功した。

① をこめて ② を通じて ③ を皮切りに ④ をめぐって

26 彼は幼いころいじめを ＿＿＿＿ 、勉強を続け、今では立派な社会人として活躍している。

① ともせずに ② こととともせずに ③ ものともせずに ④ ところともせずに

27 A 子さんは、親の心配 ＿＿＿＿ 、よくひとりで旅行に出かける。

① をよそに ② はおろか ③ をこめて ④ にしたがって

28 彼女は3歳のとき、天才卓球少女とテレビで紹介された ＿＿＿＿＿ 、たびたびテレビに出演するようになった。

① によって　② のもとで　③ でもって　④ のを皮切りに

29 彼は人々の非難 ＿＿＿＿＿ ものともせずに悪質な手口で財産を築いた。

① が　② に　③ を　④ で

30 住民の反対 ＿＿＿＿＿ 、市は産業廃棄物処理場を建設した。

① をほかに　② をそとに　③ 以外に　④ をよそに

31 今度の首相こそ、国民のことを考えてくれると信じていたが期待はずれだったようだ。＿＿＿＿＿ を禁じ得ない。

① がっかりする　② 失望　③ 怒る　④ 憎む

32 まわりの反対 ＿＿＿＿＿ 弟は20歳も年上の女性と結婚した。

① ないまでも　② をものともせず　③ に応じて　④ というと

33 学生たちは試験に合格 ＿＿＿＿＿ 夜遅くまで勉強した。

① しないがために　② をせずために　③ せんがために　④ しないために

34 念願かなってマイホームを建てたばかりなのに、先日の大地震でその家を失ってしまったそうだ。同情 ＿＿＿＿＿ 禁じ得ない。

① は　② で　③ に　④ を

35 数々の失敗を ＿＿＿＿＿ 彼は研究を続けている。

① ものともない　② ものともなく　③ ものともないで　④ ものともせずに

36 ストレスを解消 ＿＿＿＿＿ 休暇を取ってのんびりと海辺の別荘で過ごした。

① せんがために　② せんがためで　③ せんがためを　④ せんがためと

2級　実力テスト
第1回

問題1

次の文の ＿＿＿＿ にはどんな言葉を入れたらよいか。①、②、③、④から最も適当なものを1つ選びなさい。

1　投げることはともかく、打つこと ＿＿＿＿ 、誰にも負けない自信があります。

①　にとっては　②　によると　③　に対して　④　にかけては

2　田中さんに薬をもらって飲んだ ＿＿＿＿ 、気分がよくなった。

①　おかげで　②　せいで　③くせに　④　もの

3　姉のこと ＿＿＿＿ 、また道に迷って遅れているんだと思います。もう少し待ってみましょう。

①　だから　②　だとしても　③　だったり　④　なのに

4　先日デートしたきり、彼女から ＿＿＿＿ 。ふられたのだろうか。

①　電話した　②　電話がない　③　電話しよう　④　電話するしかない

5　祖母は初めて飛行機に乗るので不安で ＿＿＿＿ そうだ。

①　ならない　②　すまない　③　はいけない　④　かまわない

6　医者になった ＿＿＿＿ 、できるだけ多くの人々の命を救いたい。

①　からには　②　からでは　③　までには　④　まででは

7　せっかく訪ねてきたのだが、留守なら、 ＿＿＿＿ 。

①　帰るまでもない　②　帰るにあたらない　③　帰ろうとしない

④　帰らざるをえない

8　質問があったので先生の研究室を訪ねたが、先生はいらっしゃらなかった。待つ ＿＿＿＿ ない。

①　ばかり　②　だけ　③　しか　④　のみ

9　その事項についてはたとえ首相であっても、即答できる ＿＿＿＿ 。

①　わけがない　②　にすぎない　③　べきでない　④　に違いない

10　JR中央線は事故で上下線とも止まっているそうだ。いつも時間に正確な田中さんが ＿＿＿＿ わけだ。

①　来る　②　来ない　③　来た　④　来るしかない

11　歩き方から ＿＿＿＿ 彼女は相当急いでいるらしい。

①　いると　②　すると　③　あると　④　くると

12　友達がやった ＿＿＿＿ 、一緒にいたのだからあなたにも責任がある。

①　にすれば　②　にされて　③　にせよ　④　にして

13 新聞に ＿＿＿＿＿ 、A 国の軍事演習はまだ続いているらしい。

① よって　② わたって　③ よれば　④ つけて

14 予定はつまっているが、どうしてもということであれば、 ＿＿＿＿＿ ことはないです。

① あける　② あけてない　③ あけられる　④ あけられない

15 彼が犯人 ＿＿＿＿＿ 、私は殺人犯の隣の部屋に3年間も住んでいたことになる。おそろしいことだ。

① につけ　② だとすれば　③ にせよ　④ としても

16 A 国に ＿＿＿＿＿ B 国も C 国も核実験には反対の姿勢だ。

① 基づき　② 限らず　③ わたって　④ すぎず

17 ＿＿＿＿＿ 、20年も会っていなかった初恋の人が同じマンションに引っ越してきた。

① 驚いたわけか　② 驚いたように　③ 驚いたことに　④ 驚いたとおりで

18 運転免許を取って、1年ぐらいすると、慣れて、注意をおこたり ＿＿＿＿＿ なるから気をつけましょう。

① ように　② がちに　③ くせに　④ かねるように

19 子どもを育てる ＿＿＿＿＿ 、両親が理解し合い協力することは重要です。

① もとで　② 中で　③ そとで　④ 上で

20 そのニュースを聞いたときは、心臓が止まる ＿＿＿＿＿ 驚いた。

① ぐらい　② だけ　③ 程度　④ ごろ

21 暑く ＿＿＿＿＿ とたん、自動販売機のジュースが売り切れになった。

① なった　② なる　③ なるか　④ なろう

22 彼は大学を卒業した ＿＿＿＿＿ 、こんな簡単な計算もできない。

① くせに　② ものだから　③ だけあって　④ のをきっかけに

23 安かったのでりんごをたくさん買ってしまったが、とてもひとりでは食べ ＿＿＿＿＿ ない。

① あがり　② しまい　③ かね　④ きれ

24 借りたお金は約束 ＿＿＿＿＿ 、明日返します。

① どおり　② 同じ　③ ように　④ かわらず

25 昨日久しぶりにゴルフをしたら、今日は体が痛くて ＿＿＿＿＿ 。

① しかたがない　② 違いない　③ やむをえない　④ 限りがない

問題2

次の文の ＿＿＿＿ にはどんな言葉を入れたらよいか。①、②、③、④から最も適当なものを１つ選びなさい。

1 今でも冬になると腰が痛むのは、10年前の交通事故の後遺症 ＿＿＿＿ 。
① でいられない　② であたらない　③ にほかならない　④ に伴わない

2 このあいだ友人のお姉さんに会いました。もう50歳になるそうですが、年齢のわりには ＿＿＿＿ 。
① 若くしました　② 若く見えました　③ 若かったそうです
④ 若かったらしいです

3 歌舞伎 ＿＿＿＿ 能や文楽などの伝統的な芸能は今でもさかんに上演されている。
① をめぐって　② をはじめ　③ において　④ にとって

4 議員の汚職 ＿＿＿＿ 国会は審議がストップしている。
① をめぐって　② とともに　③ でもって　④ にかけて

5 先生が解けないんだからこんな難しい問題誰にも答えられる ＿＿＿＿ 。
① わけがない　② にすぎない　③ べきでない　④ に違いない

問題3

次の文の ＿＿＿＿ にはどんな言葉を入れたらよいか。①、②、③、④から最も適当なものを１つ選びなさい。

1 小学校に入る前から子どもを塾に通わせる親が増えているそうだ。しかし、親が教育に熱心でも子どもが勉強が好きになるとは ＿＿＿＿ 。
① かまわない　② 限らない　③ 違いない　④ やめられない

2 台風で電車もバスも止まってしまった。こうなった上は会社を ＿＿＿＿ 。
① 休んではいけない　② 休みがたい　③ 休むしかない　④ 休むはずがない

3 最近の流行は目まぐるしく変わる。長い髪がはやっていた ＿＿＿＿ 、男の子のような短い髪型がはやる。
① 思うと　② か思うと　③ と思って　④ かと思うと

4 シーズンともなると、結婚式場では何組ものカップルが挙式するため、前の式が終わったか終わらないか ＿＿＿＿ 、もう次のカップルが待ちかまえている。
① うち　② うちに　③ のうち　④ のうちに

5 息子さんはもう社会人として立派に自立なさっているのだから、何も心配する ＿＿＿＿ 。

① ことはない ② ことはある ③ ことのない ④ ことである

6 先生が一方的にしゃべるだけの授業は、人気がない。学生たちはつまらな ＿＿＿＿ に落書きをしたり、漫画を読んだりしている。

① 気味 ② ぽい ③ よう ④ げ

2級　実力テスト
第2回

問題1

次の文の ________ にはどんな言葉を入れたらよいか。①、②、③、④から最も適当なものを1つ選びなさい。

1 友達は留守だったが、テーブルには、 ________ かけのコーヒーが置いてあったので、すぐ戻るだろうと思って待っていた。

① 飲む　② 飲ま　③ 飲め　④ 飲み

2 彼はひじから手首に ________ 20針も縫う大けがをした。

① に比べて　② に関して　③ に際して　④ かけて

3 新興宗教による問題が多発している ________ 、政府は宗教法の見直しを考えている。

① ことから　②ことに　③ ことなしに　④ ことだから

4 私があなたにどんなに感謝している ________ 。

① ほどか　②ものか　③せいか　④ ことか

5 練習すれば練習する ________ 、下手になることもある。

① より　② ほど　③ かぎり　④ ことに

6 説明書は誰にでもわかる ________ 、やさしい言葉で書いてあります。

① ためで　② ために　③ ようで　④ ように

7 最近の若者のファッションは大人の私たちには理解しがたい ________ 。

① ほかない　② わけである　③ ものがある　④ わけではない

8 親 ________ 、息子が宇宙飛行士として活躍しているのはうれしいことだろう。

① に対して　② にしても　③ に以上　④ につけても

9 開発が進む ________ 、野生動物が住む領域がせばめられてきている。

① にとって　② に対して　③ に関して　④ にしたがって

10 日本で部屋を借りるのはたいへんだ。引っ越しの ________ 礼金、敷金、手数料と、一度に何十万円もかかる。

① ばかりに　② 通りに　③ たびに　④ ごとに

11 定年後も現在と同じ収入を確保するのは難しい。働ける ________ 働いて、貯金をしておこう。

① ところ　② うちに　③ 中に　④ 後に

12 音楽好きにもいろいろある。オペラが好きな人も ________ 、演歌が好きという人もいる。

① いても　② いたら　③ いると　④ いれば

13 彼はまるで自分が大統領にでもなったかの ＿＿＿＿＿ ことを言う。

① ぐらいの　② ような　③ みたいな　④ らしい

14 エイズに感染する ＿＿＿＿＿ がある非加熱血液製剤を使い続けたために、多くの犠牲者を出した。

① 気味　② 一方　③ おそれ　④ あまり

15 彼 ＿＿＿＿＿ 、次の大統領になるべき人だ。

① こそ　② から　③ まで　④ ほど

16 従業員の慰安旅行に ＿＿＿＿＿ 臨時休業させていただきます。

① から　② したがって　③ とって　④ つき

17 環境問題 ＿＿＿＿＿ 、地球全体で考えていく必要があると思う。

① にあたっては　② にかけては　③ に関しては　④ に際しては

18 電車の中では若者は立ってお年寄りに席をゆずる ＿＿＿＿＿ だ。

① きり　② ため　③ まい　④ べき

19 親善試合をする ＿＿＿＿＿ 相手チームの監督に挨拶に行った。

① にあたって　② にあって　③ に対して　④ にかけて

20 掃除機がこわれたのでメーカーに問い合わせた ＿＿＿＿＿ 、その機種は製造中止になって7年以上たち部品がないので、修理は不可能とのことだった。

① もので　② からには　③ ことで　④ ところ

21 「医学の進歩」の名 ＿＿＿＿＿ 動物実験が行われているのは問題だ。

① といえば　② とあって　③ のあげく　④ のもとに

22 大相撲初場所は15日間 ＿＿＿＿＿ 両国国技館で行われる。

① まで　② において　③ にかけて　④ にわたって

23 店員はわがままなお客 ＿＿＿＿＿ も、いやな顔をしてはいけない。

① によって　② にとって　③ に対して　④ にあって

24 豆腐は栄養がある ＿＿＿＿＿ 、カロリーも低いので、ダイエット食品として人気がある。

① ものの　② うえに　③ うちに　④ ほどの

25 不合格の知らせに、失望の ＿＿＿＿＿ 、寝込んでしまった。

① ところ　② ためで　③ あまり　④ おかげで

問題2

次の文の ＿＿＿＿ にはどんな言葉を入れたらよいか。①、②、③、④から最も適当なものを１つ選びなさい。

1 前にもだまされたのに、また彼のうそを信じるなんて、それはあなたがバカ ＿＿＿＿ 。

① というものではない　② というものだ　③ というわけではない

④ というわけだ

2 残業を頼まれて、簡単に引き受けたものの、量が多すぎて今日中には ＿＿＿＿ 。

① とてもできない　② けっこうできた　③ とてもできる

④ けっこうしなかった

3 手紙を出したくても住所がわからないのでは ＿＿＿＿ 。

① 出しようがない　② 出すはずがない　③ 出すまでもない

④ 出すにほかならない

4 今日は重要な会議があるから、頭が痛くても会社を ＿＿＿＿ 。

① 休むわけにはいかない　② 休まざるをえない　③ 休むよりほかはない

④ 休まないことはない

5 若さへのあこがれは、男女を問わず、 ＿＿＿＿ 。

① 誰にもない　② 誰にでもある　③ 男女にもない　④ 男女にでもある

問題3

次の文の ＿＿＿＿ にはどんな言葉を入れたらよいか。①、②、③、④から最も適当なものを１つ選びなさい。

1 受験戦争で苦労 ＿＿＿＿ 大学まで行けるように、両親は幼稚園から大学まである私立の学園に子どもを入れた。

① なことなく　② ことなく　③ したことなく　④ することなく

2 日本ではバレンタインデーには、女性から、好きな男性へチョコレートを贈る ＿＿＿＿ 。

① ことです　② ことにしてる　③ ことになっている　④ こととしている

3 日常的な ＿＿＿＿ 、大地震が来ても、被害を最小限にすることができる。

① 備えさえあれば　② 備えでさえ　③ 備えでさえあれば　④ 備えこそあれば

4 母があんな洋服買って ＿＿＿＿＿ ないよ。おへそが見えるのが今のファッションだなんて理解できないんだから。

① くれっけ　② くれっこ　③ くれっぽい　④ くれつつ

5 彼は戦争で孤児になった子どもたちをテレビで ＿＿＿＿＿ 、平和団体の活動に熱心に参加している。

① 見る以来　② 見ない以来　③ 見て以来　④ 見た以来

6 「夏休みは、カナダのケベックへ行くつもりです。」「ケベック ＿＿＿＿＿ 、フランス語が公用語の美しい町ですよね。」

① というが　② というに　③ というと　④ というで

1級　実力テスト
第1回

問題1

次の文の ＿＿＿＿＿ にはどんな言葉を入れたらよいか。①、②、③、④から最も適当なものを１つ選びなさい。

1　プロジェクトの責任者は彼 ＿＿＿＿＿ おいてほかにはいないだろう。

①　を　②　は　③　に　④　で

2　天ぷらを揚げている ＿＿＿＿＿ だから、ちょっと待ってください。

①　中　②　際　③　最中　④　うち

3　学校を休むときは、先生に電話をする ＿＿＿＿＿ 、友達に伝言を頼むなりしてください。

①　や　②　べく　③　し　④　なり

4　ワープロ ＿＿＿＿＿ できれば、もっといい仕事が見つかるのに。

①　さえ　②　すら　③　しか　④　ばかり

5　無事かどうか、まだ連絡が入っておりません。 ＿＿＿＿＿ 次第まっ先にお知らせいたします。

①　入る　②　入り　③　入った　④　入って

6　アパートの上の階の足音は前から気になっていたが、子どもが歩けるようになってからは、以前にも＿＿＿＿＿ うるさい。

①　ひきかえ　②　まして　③　いたって　④　あたって

7　姉が活発でスポーツ好きなの ＿＿＿＿＿ 妹は本を読むのが好きな文学少女だった。

①　にひきかえ　②　はもとより　③　とはいえ　④　とともに

8　そんなにひどいいたずらは、たとえ冗談 ＿＿＿＿＿ 許せるものではない。

①　だに　②　であれ　③　だと　④　にして

9　みなさんの声援 ＿＿＿＿＿ 優勝することはできませんでした。本当にありがとう。

①　どおりに　②　なくして　③　ならでは　④　限らず

10　私は甘いものに目がない。おいしそうなケーキを見ると買わず ＿＿＿＿＿ いられない。

①　とも　②　は　③　には　④　では

11　苦労する ＿＿＿＿＿ なしに成功する人もいれば、どんなに苦労しても失敗する人もいる。

①　の　②　こと　③　もの　④　ところ

12　彼はテレビゲームが大好きでゲーム機の前に ＿＿＿＿＿ 最後、何時間でもやり続ける。

①　すわったの　②　すわったが　③　すわるのの　④　すわったから

13 社長の息子 ＿＿＿＿＿ 、着ているものも違う。高価なものばかりだ。

① ともすると　② ともなると　③ とはいえ　④ といっても

14 散歩 ＿＿＿＿＿ 近所の友達のところへちょっと寄ってみた。

① ばかり　② ごとき　③ がてら　④ ながら

15 暇なら、ぶらぶらしていないでふだんできない本の整理 ＿＿＿＿＿ 、部屋の片づけなりしたらどうですか。

① や　② べく　③ し　④ なり

16 日本の経済力を ＿＿＿＿＿ すれば、大地震からの復興にそんなに長い期間を要しないだろう。

① よそに　② とって　③ 限りに　④ もって

17 たとえ ＿＿＿＿＿ 、子どもにはおいしい物を食べさせてやりたいと母親は思うものです。

① 貧しくても　② 貧しいなら　③ 貧しければ　④ 貧しいのに

18 英語が得意だなんて言わなければよかった ＿＿＿＿＿ 。さっそく英語で質問され、答えられなくて恥をかいた。

① もので　② ものか　③ ものを　④ ものに

19 高い時計をローンで買った ＿＿＿＿＿ 、毎月５万円もクレジット会社に払っている。

① わりに　②ように　③ ばかりに　④ ところに

20 あまりのうれしさに彼女は飛び ＿＿＿＿＿ ばかりだった。

① 上げる　② 上げ　③ 上がらん　④ 上がる

21 音楽が好きなのはいいが、朝６時からステレオをかけるのは迷惑という ＿＿＿＿＿ だ。

① もの　② ひと　③ ほう　④ ところ

22 妻は離婚届に判を押す ＿＿＿＿＿ 、家を出て行った。離婚とはこんなに簡単なものなのか。

① や否や　② が最後　③ 末に　④ 次第で

23 周囲の反対 ＿＿＿＿＿ 、彼は一流企業をやめ、ラーメン屋を開業した。

① をよそに　② はもとより　③ はやはり　④ を限りに

24 国際交流を推進するには政府レベルの対応もさることＦ ＿＿＿＿＿ 、民間レベルでの取り組みも重要だ。

① ながら　② であり　③ でなく　④ と共に

25 空が暗く ＿＿＿＿＿ が早いか、ぽつりぽつりと雨が降り出した。

① なる　② なり　③ なって　④ なろう

26 日が暮れるまでとは ＿＿＿＿＿ 、せめて明るいうちは手伝ってほしい。

① 言うほど　② 言うまでも　③ 言わないほどで　④ 言わないまでも

27 彼女は国へ帰って日本語教師に ＿＿＿＿＿ 、今日本で日本語を勉強している。

① なろうがために　② ならんがために　③ なるまいがために

④ ならないがために

28 自然に恵まれた環境に育ったが ＿＿＿＿＿ 、彼女は植物や昆虫にくわしい。

① ゆえに　② くせに　③ だけに　④ のみに

29 4年間の学生生活を振り返ると、楽しいこと ＿＿＿＿＿ でしたが、これから出ていく実社会ではいろいろなことがあると思います。

① ずくめ　② ぐらい　③ めかし　④ ぽっち

問題2

次の文の ＿＿＿＿＿ にはどんな言葉を入れたらよいか。①、②、③、④から最も適当なものを１つ選びなさい。

1 木には何千年も生きているものがあるという。それに比べれば、人間の一生なんてほんの一瞬 ＿＿＿＿＿ 。

① に限らない　② に達している　③ にすぎない　④ に及んでいる

2 子どもを車の中に置きっぱなしにして、パチンコに熱中しているなんて母親として無責任としか ＿＿＿＿＿ 。

① 言いようがない　② 言うはずがない　③ 言うまでもない

④ 言うにほかならない

3 ぼくは好きな女の子と話すことはおろか、顔を ＿＿＿＿＿ 。

① 見ることすらできる　② 見ないことすらできる　③ 見ることすらできない

④ 見ないことすらできない

4 会社ぐるみの汚職事件が発覚(はっかく)し社長をはじめとする責任者は辞職を ＿＿＿＿＿ 。

① 余儀なくした　② 余儀なくされた　③ 余儀なくさせた

④ 余儀なくしてもらった

5 まだ就職が決まっていないので、卒業できたからといって、 ＿＿＿＿＿ 。

① 喜ぶわけではありません　② 喜んでいるにすぎません

③ 喜ばないはずがありません　④ 喜んでばかりはいられません。

6 そんなことははじめからわかっていました。いまさらあなたに言われる ＿＿＿＿＿ 。

① はずもありません　② 必要がありません　③ までもありません

④ 可能性がありません

問題3

次の文の ＿＿＿＿＿ にはどんな言葉を入れたらよいか。①、②、③、④から最も適当なものを１つ選びなさい。

1 卒業するまでは国には帰らないつもりだ。もし帰るとしても、それは卒業してから＿＿＿＿＿。

① ではないだろう　② ではあるまい　③ に限らない　④ になるだろう

2 今回の野球大会での優勝はチームワークのよさなしには ＿＿＿＿＿ 。

① あり得なかっただろう　② あったといえよう　③ あるわけだ

④ あり得ただろう

3 相手の立場を考えずに、一方的に自分の意見だけを言う人もいる。だが自分の意見だけを ＿＿＿＿＿ 。相手の立場も尊重してこそ正常な人間関係が保てるというものである。

① 通さないともいえない　② 通すよりほかにはしかたがない

③ 通さないではいられない　④ 通せばよいというものではない

4 アパートに帰ってドアを開けようとして鍵がないのに気がついた。どこで落としたのかおぼえていないので、さがそうにも ＿＿＿＿＿ 。

① さがさない　② さがしようがない　③ さがそうとしない　④ さがしたくない

5 私の母もときどき料理の味つけに失敗するそうだ。主婦歴30年の母 ＿＿＿＿＿ そうなのだから、結婚して間もない私が失敗するのもしかたがない。

① だけが　② にとって　③ にして　④ ともなると

1級　実力テスト
第2回

問題1

次の文の ＿＿＿＿＿ にはどんな言葉を入れたらよいか。①、②、③、④から最も適当なものを１つ選びなさい。

1　私の通っていた小学校は厳しかったから、遅刻 ＿＿＿＿＿ ものなら、廊下に立たされた。

　① し　② して　③ しよう　④ しそう

2　私は、会社勤めの ＿＿＿＿＿ 小説を書いている。

　① かたわら　② あまり　③ がてら　④ そばから

3　あなたのそのねばり強さを ＿＿＿＿＿ すれば、どんな難問も解決できると思う。

　① よそに　② とって　③ 限りに　④ もって

4　結婚する ＿＿＿＿＿ 、苦しいことがあっても、お互いに助け合って幸せな家庭を築いていきたい。

　① わけは　② 以内は　③ うちは　④ 以上は

5　外が騒がしかったので、見る ＿＿＿＿＿ 見ていたら、先生に注意されてしまった。

　① ばかりか　② のみならず　③ ともなしに　④ どころでなく

6　また家の前にゴミを捨てられてしまった。腹が立つといったらありゃ ＿＿＿＿＿ 。

　① すまない　② ならない　③ こない　④ しない

7　せっかく洗車してからドライブに出かけたのに夕立にあい車は泥 ＿＿＿＿＿ なってしまった。

　① だらけに　② のままに　③ なんかに　④ 抜きに

8　子どもが近づくかもしれないのにこんな深い池のまわりに柵もないなんて、危険 ＿＿＿＿＿ 。

　① 極める　② 極めない　③ 極まりない　④ 極まっている

9　野菜が芽を出すそば ＿＿＿＿＿ 、鹿がそれを取って食べてしまうので、農家の人が困っている。

　① で　② から　③ に　④ まで

10　国際電話は高いと ＿＿＿＿＿ つつ、国へ電話をかけると長電話になってしまう。

　① 知り　② 知る　③ 知って　④ 知れ

11　彼女にはスーパーモデル ＿＿＿＿＿ 輝きがある。

　① まじき　② ならではの　③ 限りの　④ ごときの

12　事業で失敗 ＿＿＿＿＿ からというもの、彼の友人たちは皆彼のまわりから去っていった。

　① する　② して　③ した　④しよう

13　ご両親が勉強しろとうるさく言うのは、君の将来のことを心配していれば ＿＿＿＿＿ なんだよ。

　① から　② こそ　③ すら　④ だけ

14　悩みがあり ＿＿＿＿ つとめて明るくふるまっていた。

① ものを　② わけで　③ ながらも　④ ことに

15　県知事の田中さんは、信念の固い人だから、首相が説得しても拒否し ＿＿＿＿ 。

① かねる　② すぎる　③ かねない　④ すぎない

16　氷河期と言われる就職難の ＿＿＿＿ 、もうすぐ卒業式だというのにまだ就職先が見つからない。

① ことに　② ことさえ　③ ことでは　④ こととて

17　あなた ＿＿＿＿ 言いたいことは、あるでしょうが、もう決まったことですので、したがってもらわなければなりません。

① 向きの　② なみの　③ 次第の　④ なりに

18　日本列島の北のはしから南のはし ＿＿＿＿ まで、テレビの電波の届かないところはほとんどない。

① にひきかえ　② について　③ に至る　④ に際して

19　プライバシーに ＿＿＿＿ 問題ですから慎重に取り扱ってください。

① 至る　② かかわる　③ たえる　④ かわる

20　最近の女性の社会進出はめざましい ＿＿＿＿ 女は家庭を守るべきだという考えも根強く残っている。

① だけあって　② とはいえ　③ にひきかえ　④ とすれば

21　政府が大きな問題をたくさんかかえているこの時期に、首相が突然辞任する ＿＿＿＿ 、無責任だ。

① とは　② にすら　③ わけに　④ ものの

22　あのおそろしい事件のことは、一日 ＿＿＿＿ 忘れたことがない。

① ならでは　② どころか　③ たりとも　④ までも

23　毎日、世界のどこかで、罪もない子どもたちが戦火で傷ついていることは、 ＿＿＿＿ だに悲しいことだが、しかし現実なのだ。

① 想像　② 想像した　③ 想像して　④ 想像する

24　最近の研究によると夢を見ることは人間のみならず ＿＿＿＿ 。

① ほかの動物にもあるそうだ　② ほかの動物にはないそうだ

③ ほかの動物にかぎられている　④ ほかの動物にはあり得ないそうだ

25　お楽しみの ＿＿＿＿ 申し訳ございません。時間ですので、パーティーはこのへんで終わりにさせていただきます。

① ところを　② ことを　③ ほうを　④ わけを

26 区役所の対応 ＿＿＿＿＿、不親切で頭にくる。

① ときたら　② にきては　③ とすれば　④ にすると

27 生まれて初めて車を運転する ＿＿＿＿＿ 彼は緊張して手に汗をかいていた。

① とあって　② にあって　③ として　④にして

28 弁護士になった ＿＿＿＿＿、正義のために戦うつもりだ。

① からには　② からでは　③ までには　④ まででは

29 大企業と ＿＿＿＿＿、この不況を乗り切ることはできず、倒産した。

① いえども　② いったらば　③ いえばこそ　④ いったからには

問題2

次の文の ＿＿＿＿＿ にはどんな言葉を入れたらよいか。①、②、③、④から最も適当なものを１つ選びなさい。

1 寮はうるさくて勉強できないと思いひとり暮らしを始めたが、勉強する ＿＿＿＿＿、さびしくて電話ばかりかけている。

① どころか　② からして　③ ばかりか　④ ゆえに

2 彼は次のオリンピックの有力候補だった。ところが予想 ＿＿＿＿＿ 彼より後輩の若い選手が選ばれた。

① に加えて　② に反して　③ にひきかえ　④ に基づいて

3 ほかの人のレポートを写して、先生に ＿＿＿＿＿ あなたのためにはならない。

① 提出してみたら　② 提出してみたところ　③ 提出してみたのに

④ 提出してみたところで

4 観光旅行で、１週間ぐらい滞在しただけでは、その国のよさはわからない。＿＿＿＿＿ からでなければ、その国のよさを知ることはできないと思う。

① 住んでおいて　② 住んでみて　③ 住んでいって　④ 住んであって

5 卒業試験はさぞ難しいだろうと思いきや ＿＿＿＿＿。

① 意外に難しかった　② 案の定難しかった　③ 意外にやさしかった

④ 案の定やさしかった

6 もう少し条件をよくしてくれれば、あの会社で ＿＿＿＿＿。

① 働くものではない　② 働くことではない　③ 働かないものでもない

④ 働きはしない

問題3

次の文の ＿＿＿＿ にはどんな言葉を入れたらよいか。①、②、③、④から最も適当なものを１つ選びなさい。

1 何よりも仕事と考えていた A さんも病気を ＿＿＿＿ からというもの健康を第一に考えるようになった。

① する　② した　③ して　④ します

2 失業中で収入のない私の貯金は ＿＿＿＿ 。

① 減りかねる　② 増えつつある　③ 減る一方だ　④ 増え気味だ

3 A さんは駅で切符を買おうとちょっと目を離したすきにスーツケースを盗まれてしまったそうだ。そのため旅行もキャンセルせねばならなかったそうで、まったく同情を ＿＿＿＿ 。

① 禁じられない　② 禁じさせない　③ 禁じ得ない　④ 禁じない

4 あれだけ馬鹿にされれば、だれだって反抗 ＿＿＿＿ 。

① するではない　② しないではいられない　③ してはいられない

④ しないではいられる

5 天気 ＿＿＿＿ 運動会は実施します。ですから、電話での問い合わせは必要ありません。

① にあらず　② をものともせず　③ にほかならず　④ のいかんにかかわらず

解答

2級ー1課

1③ 2② 3④ 4③ 5① 6④ 7③ 8④
9③ 10② 11④ 12③ 13① 14④ 15③ 16④
17③ 18③ 19③ 20④ 21② 22④ 23① 24②
25③ 26③ 27④ 28③ 29④ 30④ 31③ 32③
33③ 34③ 35③ 36④ 37③ 38④ 39② 40④

2級ー2課

1④ 2④ 3④ 4③ 5③ 6① 7② 8④
9④ 10③ 11④ 12② 13③ 14③ 15① 16③
17③ 18③ 19② 20④ 21① 22④ 23② 24③
25④ 26④ 27③ 28② 29③ 30① 31④ 32④
33④ 34④ 35② 36② 37③ 38③ 39④ 40③

2級ー3課

1② 2③ 3③ 4① 5① 6② 7① 8③
9③ 10③ 11④ 12① 13④ 14① 15② 16①
17② 18① 19② 20③ 21③ 22② 23① 24④
25② 26④ 27③ 28② 29① 30③ 31③ 32④
33③ 34① 35③ 36② 37① 38④ 39② 40④

2級ー4課

1② 2③ 3② 4① 5④ 6① 7① 8②
9④ 10① 11④ 12② 13③ 14① 15① 16①
17③ 18④ 19② 20④ 21④ 22③ 23④ 24②
25② 26② 27① 28② 29③ 30④ 31③ 32④
33② 34② 35④ 36④ 37④ 38④ 39② 40①

2級ー5課

1① 2③ 3④ 4② 5③ 6④ 7② 8①
9③ 10③ 11③ 12② 13③ 14② 15③ 16③
17③ 18① 19④ 20③ 21④ 22③ 23② 24②
25② 26③ 27③ 28③ 29③ 30② 31④ 32③
33② 34① 35④ 36③ 37② 38③ 39④ 40③

2級ー6課

1② 2③ 3① 4② 5③ 6① 7③ 8③
9④ 10③ 11④ 12② 13④ 14③ 15③ 16③
17③ 18③ 19④ 20④ 21② 22③ 23② 24④
25④ 26② 27③ 28② 29④ 30③ 31② 32④
33④ 34① 35③ 36② 37③ 38③ 39③ 40④

2級ー7課

1② 2④ 3① 4④ 5④ 6④ 7③ 8④
9③ 10③ 11④ 12④ 13③ 14④ 15① 16③
17① 18① 19④ 20② 21② 22④ 23② 24①
25② 26② 27④ 28④ 29③ 30④ 31① 32③
33② 34③ 35② 36① 37④ 38③ 39③ 40②

2級ー8課

1③ 2④ 3① 4④ 5④ 6① 7② 8①
9② 10④ 11④ 12② 13② 14③ 15② 16④
17③ 18③ 19② 20④ 21③ 22② 23② 24①
25① 26③ 27② 28④ 29④ 30③ 31② 32②
33④ 34④ 35③ 36④ 37② 38② 39③ 40①

2級ー9課

1② 2① 3③ 4④ 5② 6② 7④ 8①
9④ 10② 11② 12③ 13③ 14④ 15③ 16④
17③ 18② 19② 20② 21① 22② 23③ 24②
25① 26② 27④ 28② 29② 30③ 31① 32③
33② 34① 35② 36② 37② 38③ 39③ 40④

2級ー10課

1② 2④ 3④ 4① 5① 6① 7③ 8①
9② 10④ 11① 12③ 13④ 14② 15③ 16②
17③ 18③ 19④ 20④ 21④ 22① 23② 24②
25① 26④ 27① 28② 29③ 30③ 31④ 32④
33③ 34① 35④ 36① 37② 38④ 39③ 40③

2級—11課

1③ 2④ 3④ 4③ 5② 6④ 7④ 8④
9③ 10③ 11④ 12② 13③ 14③ 15③ 16③
17② 18③ 19④ 20④ 21④ 22② 23③ 24③
25③ 26② 27③ 28④ 29③ 30④ 31④ 32③
33④ 34① 35② 36③ 37④ 38② 39④ 40③

2級—12課

1③ 2④ 3① 4② 5③ 6③ 7② 8①
9③ 10③ 11④ 12① 13② 14③ 15① 16③
17③ 18④ 19③ 20② 21① 22③ 23④ 24①
25③ 26① 27② 28③ 29② 30③ 31④ 32③
33① 34③ 35④ 36③ 37④ 38③ 39④ 40②

2級—13課

1② 2② 3③ 4③ 5③ 6② 7② 8③
9④ 10① 11③ 12④ 13④ 14③ 15④ 16①
17③ 18④ 19④ 20④ 21② 22④ 23③ 24③
25④ 26③ 27② 28④ 29② 30④ 31① 32④
33③ 34④ 35③ 36③ 37④ 38③ 39④ 40④

2級—14課

1④ 2③ 3④ 4④ 5② 6③ 7② 8②
9③ 10③ 11② 12② 13② 14③ 15② 16④
17③ 18④ 19③ 20④ 21③ 22② 23③ 24①
25③ 26② 27② 28③ 29③ 30④ 31② 32①
33② 34② 35① 36④ 37② 38③ 39③ 40④

2級—15課

1③ 2④ 3③ 4④ 5③ 6① 7① 8②
9③ 10④ 11③ 12② 13④ 14③ 15① 16③
17③ 18② 19③ 20③ 21② 22③ 23④ 24④
25③ 26② 27③ 28④ 29④ 30④ 31② 32②
33② 34④ 35③ 36④ 37① 38② 39① 40④

2級—16課

1③ 2④ 3④ 4② 5③ 6③ 7② 8③
9③ 10③ 11② 12④ 13③ 14④ 15③ 16①
17② 18② 19④ 20② 21④ 22③ 23③ 24②
25① 26② 27④ 28④ 29② 30③ 31② 32③
33③ 34③ 35④ 36② 37② 38② 39① 40③

2級—17課

1② 2③ 3④ 4③ 5② 6④ 7② 8②
9③ 10④ 11③ 12③ 13③ 14② 15③ 16④
17③ 18③ 19② 20② 21③ 22② 23③ 24②
25① 26③ 27④ 28③ 29③ 30③ 31② 32③
33① 34② 35③ 36③ 37③ 38② 39③ 40④

1級—1課

1④ 2④ 3② 4④ 5④ 6④ 7② 8③
9③ 10④ 11③ 12③ 13④ 14③ 15③ 16④
17① 18④ 19③ 20② 21④ 22④ 23② 24②
25④ 26③ 27③ 28② 29④ 30② 31② 32①
33① 34③ 35④ 36④ 37② 38③ 39② 40①

1級—2課

1③ 2① 3④ 4② 5④ 6③ 7③ 8③
9② 10④ 11④ 12④ 13③ 14④ 15④ 16④
17④ 18④ 19③ 20③ 21② 22③ 23② 24④
25④ 26④ 27④ 28③ 29② 30② 31② 32④
33④ 34③ 35③ 36② 37③ 38③ 39④ 40①

1級—3課

1④ 2③ 3③ 4④ 5② 6④ 7④ 8③
9③ 10④ 11③ 12④ 13③ 14① 15④ 16②
17④ 18③ 19③ 20④ 21① 22③ 23③ 24③
25④ 26④ 27② 28③ 29④ 30③ 31④ 32④
33② 34④ 35② 36③ 37④ 38③ 39③ 40④

1級ー4課

1① 2④ 3② 4① 5① 6② 7④ 8①
9① 10① 11③ 12② 13④ 14① 15③ 16③
17③ 18① 19④ 20③ 21② 22④ 23③ 24②
25② 26④ 27② 28② 29④ 30④ 31④ 32③
33③ 34① 35③ 36③ 37② 38③ 39③ 40①

1級ー5課

1④ 2② 3① 4③ 5③ 6③ 7③ 8①
9③ 10① 11④ 12① 13② 14④ 15① 16②
17② 18① 19① 20④ 21② 22③ 23④ 24④
25④ 26① 27④ 28③ 29② 30② 31① 32③
33④ 34④ 35④ 36② 37④ 38② 39② 40②

1級ー6課

1① 2③ 3① 4② 5② 6① 7③ 8①
9④ 10③ 11② 12④ 13③ 14③ 15② 16③
17① 18① 19④ 20② 21③ 22① 23① 24②
25② 26① 27④ 28② 29③ 30② 31④ 32④
33② 34② 35③ 36① 37③ 38② 39③ 40②

1級ー7課

1③ 2④ 3④ 4② 5④ 6② 7③ 8③
9② 10③ 11② 12② 13④ 14④ 15④ 16④
17② 18③ 19③ 20② 21③ 22④ 23② 24④
25③ 26④ 27③ 28③ 29④ 30③ 31④ 32②
33④ 34④ 35④ 36④ 37① 38③ 39③ 40②

1級ー8課

1③ 2③ 3② 4② 5③ 6④ 7④ 8④
9② 10④ 11③ 12③ 13④ 14② 15④ 16③
17④ 18① 19③ 20④ 21③ 22③ 23③ 24④
25④ 26① 27② 28③ 29④ 30② 31④ 32④
33③ 34④ 35④ 36② 37④ 38③ 39③ 40②

1級ー9課

1② 2② 3④ 4③ 5④ 6④ 7① 8④
9③ 10① 11② 12③ 13① 14③ 15② 16①
17③ 18② 19③ 20② 21④ 22④ 23③ 24②
25④ 26④ 27③ 28③ 29② 30① 31③ 32①
33③ 34③ 35④ 36④ 37④ 38① 39① 40④

1級ー10課

1③ 2② 3③ 4④ 5③ 6② 7② 8①
9③ 10④ 11④ 12② 13④ 14① 15④ 16①
17② 18④ 19② 20④ 21① 22② 23③ 24④
25③ 26③ 27① 28④ 29③ 30④ 31② 32②
33③ 34④ 35④ 36①

2級実力テスト第1回

〈問題1〉

1④ 2① 3① 4② 5① 6① 7④ 8③
9① 10② 11② 12③ 13③ 14④ 15② 16②
17③ 18② 19④ 20① 21① 22① 23④ 24①
25①

〈問題2〉

1③ 2② 3② 4① 5①

〈問題3〉

1② 2③ 3④ 4④ 5① 6④

2級実力テスト第2回

〈問題1〉

1④ 2④ 3① 4④ 5② 6④ 7③ 8②
9④ 10③ 11② 12④ 13② 14③ 15① 16④
17③ 18④ 19① 20④ 21④ 22④ 23③ 24②
25③

〈問題２〉

1② 2① 3① 4① 5②

〈問題３〉

1④ 2③ 3① 4② 5③ 6③

1級実力テスト第１回

〈問題１〉

1① 2③ 3④ 4① 5② 6② 7① 8②
9② 10③ 11② 12② 13② 14③ 15④ 16④
17① 18③ 19③ 20③ 21① 22① 23① 24①
25① 26④ 27② 28① 29①

〈問題２〉

1③ 2① 3③ 4② 5④ 6③

〈問題３〉

1④ 2① 3④ 4② 5③

1級実力テスト第２回

〈問題１〉

1③ 2① 3④ 4④ 5③ 6④ 7① 8③
9② 10① 11② 12② 13② 14③ 15③ 16④
17④ 18③ 19② 20② 21① 22③ 23④ 24①
25① 26① 27① 28① 29①

〈問題２〉

1① 2② 3④ 4② 5③ 6③

〈問題３〉

1③ 2③ 3③ 4② 5④

國家圖書館出版品預行編目資料

日本語能力試験対応文法問題集1級・2級 / 白寄まゆみ・入内島一美編著. -- 初版. -- 臺北市 : 鴻儒堂, 民86

面； 公分

ISBN 978-957-8986-97-8(平裝)

1.日本語言-文法

803.16 86007689

日本語能力試験対応文法問題集１級・２級

定價：250元

1997年（民86） 7月初版一刷
2017年（民106）11月初版五刷
本出版社經行政院新聞局核准登記
登記證字號：局版臺業字1292號

著　　者：白寄まゆみ・入内島一美
發 行 所：鴻 儒 堂 出 版 社
發 行 人：黃　成　業
地　　址：台北市博愛路9號5樓之1
電　　話：02-2311-3823
傳　　真：02-2361-2334
郵政劃撥：01553001
E-mail：hjt903@ms25.hinet.net

NIHONGO NOURYOKU SIKENN TAIOU BUNPOUMONDAISHUU 1KYUU・2KYUU

Originally published in Japan in 1996 by KIRIHANA UNI, INC..
Reprint rights arranged through TOHAN CORPORATION, TOKYO.